Diário de uma Encrenqueira

Grace Dent

Pérolas ou pegas

Tradução de
CAMILA MELLO

Rio de Janeiro | 2010

CIP-BRASIL. CATALOGAÇÃO-NA-FONTE
SINDICATO NACIONAL DOS EDITORES DE LIVROS, RJ

D462O   Dent, Grace
        Pérolas ou pegas / Grace Dent; tradução de Camila Mello. –
        Rio de Janeiro: Galera Record, 2010.

        Tradução de: Slinging the bling
        ISBN 978-85-01-08265-7

        1. Literatura infantojuvenil. I. Mello, Camila. II. Título.

                                        CDD: 028.5
19.0710   CDU: 087.5

Título original em inglês:
Diary of a Chav: Slinging the Bling

Copyright © 2007 by Grace Dent

Todos os direitos reservados. Proibida a reprodução, no todo ou em parte, através de quaisquer meios. Os direitos morais do autor foram assegurados.

Design de capa: Estúdio Insólito

Texto revisado pelo novo Acordo Ortográfico da Língua Portuguesa.

Direitos exclusivos de publicação em língua portuguesa somente para o Brasil adquiridos pela
EDITORA RECORD LTDA.
Rua Argentina 171 – Rio de Janeiro, RJ – 20921-380 – Tel.: 2585-2000
que se reserva a propriedade literária desta tradução.

Impresso no Brasil

ISBN 978-85-01-08265-7

Seja um leitor preferencial Record.
Cadastre-se e receba informações sobre
nossos lançamentos e nossas promoções.

Atendimento e venda direta ao leitor:
mdireto@record.com.br ou (21) 2585-2002.

Para a Srta. Ruby Chaisty

Este diário pertence a:

Shiraz Bailey Wood

Endereço: Estrada Thundersley, 34,
                Goodmayes, Essex, IGS 2XS

AGOSTO

TERÇA-FEIRA, 19 DE AGOSTO

Sou dona do meu próprio destino.

Pelo menos era isso que a Srta. Bracket, minha professora de inglês do ano passado, sempre falava.

— Shiraz Bailey Wood — dizia ela —, o céu é o limite para uma estrela brilhante como você! Você pode ser o que quiser. Astronauta! Domadora de leões! Primeira-ministra! A única coisa que está no seu caminho é você mesma!

Ela me enchia o saco com isso. E obcecada com os resultados dos exames finais. A Srta. Bracket não esquenta a cabeça com aquele papo de "Academia de encrenqueiros" — era assim que vários jornalistas metidos a besta chamavam a minha escola, a Academia Mayflower, sabe. Vou repetir pela bilionésima vez...

NEM TODO MUNDO LÁ ERA ENCRENQUEIRO, TÁ!?

(Tirando Uma Brunton-Fletcher, claro.)

A Srta. Bracket não é preconceituosa e tapada em relação aos jovens como a maioria dos adultos. Mas também não fica engolindo as nossas babaquices. Tipo quando eu contei que eu e Carrie não precisávamos fazer a prova de inglês porque íamos começar a investir em nossa carreira musical e formar o Arroz com Batatas.

—Tudo bem, Shiraz — concordou a Srta. Bracket —, mas caso você *não* se torne a próxima Beyoncé, vai precisar de um emprego para poder comer e se vestir! ENTÃO, ESTUDE PARA AS PROVAS!

No final das contas, até tive que concordar que passar nos exames era o melhor plano caso eu não quisesse terminar os meus dias vendendo revistas na frente do supermercado. Se você já viu no YouTube aquele vídeo da Carrie e eu no *Show de Talentos Valendo Um Milhão* na ITV2, vai entender a minha preocupação. Meu Deus, aquilo foi muito vergonhoso.

Dez libras e 92 cents foi o que gastamos naquelas polainas vermelhas e nos chifres de diabo. Tudo isso para cantarmos apenas um verso de "Maneater", da Nelly Furtado, e sermos interrompidas por aquele juiz metido — que vestia uma calça tão justa que dava para ver as coisas dele. Ele falou que eu cantava como se fosse um macaco sendo estrangulado.

Isso, VAI ZOANDO, meu filho. Pode zoar.

Eu nem me importei, simplesmente ri da cara dele. O cara devia ter tipo uns 35 anos de idade. Um velho. Não é minha culpa se ele não soube apreciar a minha iniciativa.

Ai, ai. Fim do intervalo para o chá. Melhor voltar ao trabalho.

14h15 — Eu não me arrependo de nada na minha vida. Nada. Estou sempre seguindo em frente e sendo eu mesma. É só que às vezes, quando estou aqui, suando em bicas na frente desta panela, fritando ovos, e um cara qualquer com o cofrinho cheio de pelo fica no balcão reclamando: "Eca, você fez a gema dura. Eu queria mole. Gosto de gema mole!"... Bem, é nessas horas que eu me lembro da Academia Mayflower. Penso em como o nono ano foi engraçado com Carrie e Luther e Chantalle e Uma e Kezia.

Você sabe que teve um momento no ano passado em que pensei em ir para o ensino médio. E eu não sou exatamente o tipo de garota que escolhe estudar, se é que você me entende.

Mas nunca achei que fosse acabar aqui no Sr. Gema em Goodmayes, fazendo o Pedido C de café da manhã duzentas vezes para uns caras que têm mais peito do que eu.

Isso NÃO estava nos planos de Shiraz Bailey Wood.

Coma feito um rei por apenas duas libras! é a "missão" do Sr. Gema. Está escrito em LETRAS MAIÚSCULAS ENORMES na frente da minha camiseta. Sei que fico horrível usando isto, mas Wesley Barrington Bains II, meu namorado, fala que fico gostosa.

— Gata — diz Wesley —, você podia vestir qualquer coisa e ainda estaria supergostosa.

O Wesley acha que eu mandei bem em trabalhar no Sr. Gema por que:

1) É no final da rua da minha mãe;

2) Janto de graça todos os dias e eles fazem empadão de galinha;

3) Ele pode vir me ver quando está indo para o curso técnico de encanador e comer um ovo.

Wesley não gosta de ovo com gema mole. Ele gosta da gema bem dura e de ketchup na clara. NADA de ketchup na gema, só uma pitada de pimenta. Nas primeiras vezes que fiz o ovo para Wesley, errei tudo, mas agora meu ovo é perfeito. Essa foi a minha maior conquista de agosto.

Estou com medo de pegar o resultado dos meus exames semana que vem. Eu me esforcei ao máximo e tal. Eu sabia aquele *Jane Eyre* de trás para a frente desde maio! Dormia e sonhava com o Sr. Rochester em cima do cavalo, trotando por Romford. Ele me pegava na porta da boate Time and Envy e me levava para bem longe de Essex.

Eu dei o meu máximo naquele exame, juro.

Não seria a primeira vez em que o meu máximo não é o suficiente.

QUARTA-FEIRA, 20 DE AGOSTO

Ai, meu Deus, hoje o trabalho foi muito CHATO. Tá, mentira, teve uma coisa legal por volta das 15h, quando ficamos sem moedas de uma libra e Mario (ou o Sr. Gema — a maior celebridade de Goodmayes) me deixou ir de ônibus ao Lloyds TSB no Shopping Ilford para pegar moedas.

Aí resolvi dar uma passadinha na padaria Greggs e encontrei Kezia Marshall. Nós duas compramos cookies no formato de Bart Simpson. Então nos sentamos na porta da Claire, uma loja de acessórios, e ficamos conversando sobre a barriga dela. Ano passado, todo mundo achou que ela estava grávida do Luther — um alarme falso que depois foi confirmado. Kezia estava mesmo grávida do Luther. Até a minha mãe ficou chocada com a notícia.

A barriga está bem grande agora. Ela parece um Teletubbie com aquele cabelo vermelho, capuz laranja e barrigona. Lembrava muito a Laa-laa ou o Tinky Winky — eu e Carrie não conseguíamos decidir. Kezia abaixou a cintura da calça e ficou me fazendo sentir a barriga mexer. Acho que ela não se importa que outras pessoas vejam sua barriga ou um pouco das suas partes íntimas. (Posso dizer com certeza que a Kezia é ruiva de verdade.) Perdi total a vontade de continuar comendo o meu cookie depois de ver aquilo. Eu me preocupo com a Kezia. Ela disse que o Luther não telefona mais para ela como antes. Ela disse que os pais dos dois estão tentando fazer alguma coisa para ajudar. Coitada.

Perguntei se já tinham escolhido o nome do bebê e ela disse que gosta de Usher para menino e Latanoyatiqua para menina. Ela resolveu que vai juntar os sobrenomes: Latanoyatiqua Marshall-Drisdale! Ai, meu Deus — quando a criança finalmente conseguir escrever seu nome, a aula já vai ter terminado.

Voltei para o Sr. Gema e Mario estava furioso, e ficou brigando comigo.

— Onde você estava? Eu falei dez minutos! — Aí expliquei que estava com cólicas menstruais e que fiquei na Boots procurando produtos específicos para assuntos femininos. Nessa hora, Mario empurrou o prato de feijão para longe como se quisesse dizer "Eu não precisava saber disso" e voltou a falar ao telefone.

Viu, nem os momentos mais divertidos do trabalho são tão divertidos. São só mais cinquenta anos para minha aposentadoria.

20h — A minha mãe, a Sra. Diane Wood, disse que trabalho não foi feito para ser divertido. Ela acha que o importante é que estou trazendo dinheiro para casa e que ainda sobram uns trocados para mim. ISSO já devia ser legal o suficiente, é o que a mamãe acha. É, ela é completamente maluca. Eu amo a minha mãe como tem que ser, mas ela parece uma retardada mental de primeira categoria quando fala esse tipo de coisa.

Eu respondi:

— Mãe, você já limpou uma frigideira cheia de gordura velha? Ou recebeu um beliscão na bunda de um cliente de 86 anos de idade, e tudo isso por 3,50 a hora? NÃO É DIVERTIDO, TÁ?

— Ah, Shiraz. Dá um tempo. A vida real nunca é divertida. — Mamãe suspirou. Ela estava vendo um veterinário com metade do braço enfiado na bunda de uma vaca no *Emmerdale*. — A VIDA REAL NUNCA É DIVERTIDA — ela repetiu. — É por isso que eu pago por essa droga de TV a cabo.

Dei cinquenta libras do meu salário para pagar meus gastos. Ela dobrou a nota e a colocou no bolso. Depois, acariciou a Penny, nossa cadela obesa, e cantarolou:

— Uhuuuuu, Pennywenny! Mais caixas de chocolate da Thornton Continental para nós. Ah, nós amamos aquelas trufas de café, não é?

Eu espero que ela esteja brincando.

Fui para o meu quarto e coloquei algodão nos ouvidos para diminuir o barulho e continuei a ler *Orgulho e preconceito*, de uma senhorita chamada Jane Austen. A Srta. Bracket disse que eu ia gostar e estou mesmo. É um romance bem antigo sobre uma mulher chamada Elizabeth que gosta de um cara muito metido chamado Darcy, que se acha o maioral. Eu detesto caras assim.

22h — Carrie acabou de me mandar uma mensagem. Disse que vai dar um pulo aqui amanhã e colocar unhas postiças nos meus dedos. Ela vai usar uma cola mais forte dessa vez. Carrie ainda está meio assustada por causa da última vez que colocou essas unhas em mim, porque uma delas caiu na comida que eu estava fazendo e o Mario acabou tendo que segurar um velhinho por trás e ficar apertando o peito dele para que ele parasse de engasgar. Foi engraçado demais — só que, tipo, não de um jeito legal.

QUINTA-FEIRA, 21 DE AGOSTO

Esta casa está me ENLOUQUECENDO. Você não consegue ter nem um minuto de paz aqui, a não ser que você vá para a cama, cubra a cabeça com um edredom e feche os olhos — e ainda assim o monstro do meu irmão mais novo vai cutucar o edredom, perguntando:

— Hmmm, Shiraz, a torradeira está soltando uma fumaça preta estranha. É assim mesmo?

Ou a mamãe chega no quarto e diz:

— Você está deitadinha? Que beleza! É a sua vez de pegar o cocô da cadela no jardim dos fundos. Eu vou pegar a pá para você!

O número 34 da Estrada Thundersley é infernal. Especialmente quando eu, minha mãe, meu pai, Murphy, Cava-Sue (minha irmã mais velha), Lewis (namorado dela) e Wesley (meu namorado) estamos todos em casa ao mesmo tempo. A vovó aparece com bastante frequência também. E às vezes ela traz Clement, seu amigo do bingo.

O papai disse que está pensando em instalar um sistema de senha na entrada do banheiro, para que ele possa fazer cocô. Todo mundo riu muito quando ele falou isso, menos a mamãe, que mandou ele parar de ser nojento. O meu pai não é de falar muito, mas quando fala é sempre engraçado.

Ano passado, Cava-Sue ficou de saco cheio e não quis mais dividir o quarto comigo, porque não aguentava mais o nosso beliche e nem a mamãe criticando o tempo todo suas roupas emo. Ela não queria mais saber de Goodmayes, então fugiu para Londres. Mas eu e mamãe sentimos muito a falta dela, então levei todo mundo para o *Hostilidade em Família* e nós a recuperamos.

Isso, boa ideia, Shiz.

Eu não sabia que dois meses depois ela traria o namorado chato dela para cá!

— Vera, mãe do Lewis, vai para Benidorm! — disse Cava-Sue em fevereiro passado. — Ela está montando um pub para lésbicas com decoração da corte inglesa na época dos Tudor chamado Punho's Dentro, e Lewis vai ficar sem casa! Ela disse que ele pode se sustentar sozinho! Como assiiiiim, dá para acreditar nisso? Ele só tem 19 anos! O que ele vai fazer, meu Deeeeeus?

Foi só ela falar que ia se mudar com ele, e, de repente, o emo do Lewis com aquele cabelo feioso estava na nossa casa — ele e sua coleção de camisetas compradas em lojas de caridade, gravatas e piercings de nariz.

Fui expulsa do quarto que eu e Cava-Sue dividíamos. Aí a mamãe mandou o papai ir até a loja de material de construção comprar uma placa de MDF e o quarto do Murphy foi dividido em dois. Uma metade ficou para mim, a outra para ele. Eu ainda não consegui ver o lado bom disso e nem quero saber qual é.

— Eu não sei qual é o seu problema! — disse Cava-Sue hoje à noite enquanto estávamos fazendo comida. — Você sempre ficou me pentelhando naquela cama de baixo do beliche porque nunca teve o seu próprio espaço!

Isso me deixou muito irritada.

— Tá, tudo bem, Cava-Sue — respondi —, mas agora vivo em um espaço de três metros quadrados feito de MDF, sem nenhuma janela! Tem gente nos esconderijos dos terroristas da Abu Graihib que vê mais luz do dia do que eu! Eu não estou feliz!

— Ah, você é tão dramática! Não é para sempre! Eu e Lewis vamos viajar em breve, lembra? — Cava-Sue suspirou e espetou uma salsicha vegetariana da Linda McCartney com o garfo.

— DRAMÁTICA?! — berrei. — Talvez se a sua cama fosse separada da do Murphy por uma placa de cinco centímetros de espessura e você pudesse ouvir os sons que ele faz quando olha aquela droga de revista *Nuts* você também seria um pouco DRAMÁTICA!

Ela calou a boca depois disso.

22h — A minha melhor amiga, Carrie, veio aqui e fez as minhas unhas e as da Cava-Sue. Ela colocou as unhas postiças em mim e as pintou de rosa. As da Cava-Sue ficaram lilás. Carrie disse que eu fico bonita com as unhas compridas e que eu tenho estado bem feminina ultimamente. Ela diz que entende por que o Wesley Barrington Bains II fala que vai casar comigo um dia, e que eu tenho muita sorte de ter encontrado o amor verdadeiro e de ter alguém que vai me amar para sempre. Acho que tenho sorte mesmo.

Carrie está entediada por ficar em casa com a mãe dela, Maria, e queria arranjar um emprego também. Eu disse que ia perguntar ao Sr. Gema se ele precisava de alguma ajuda para fritar ovos.

— Hmmm, não exagere, Shiz — disse Carrie. — Assim que os resultados dos exames saírem na semana que vem, nós vamos para o ensino médio, certo? — Pobrezinha. De jeito NENHUM nós vamos conseguir passar para o ensino médio. Ela viaja muito.

Tudo o que eu lembro do exame de Redação para Argumentação, Explicação e Sugestão foi que — depois de ter feito milhões de questões — passei três horas tentando convencer um cara de que os parques temáticos da Flórida são a melhor opção para as férias.

Tudo bem, eu sei que fui melhor do que a Kezia Marshall, porque quando eu olhei para ela, 15 minutos depois do começo da prova, ela ainda estava na primeira redação. E juro que ela estava colorindo um desenho de um berço. Mas não acho que fui ótima. A coisa toda foi muito estressante, e quanto mais rápido eu escrevia, mais confusa me sentia. Ficava o tempo todo pensando "Ai, não sei se devo colocar esse apóstrofo aqui" ou se as vírgulas estavam nos lugares certos. Eu só consegui falar que é legal nadar com os golfinhos. Quando o sinal tocou, percebi que escrevi a palavra golfinho errado. Senti a garganta e os olhos doendo, como se quisesse chorar. Mas não chorei — eu nunca choro na frente de ninguém da escola e não ia chorar ali.

Carrie disse que nem argumentou que a Flórida é um lugar bom porque ela já tinha ido lá uma vez com Barney e Maria no sexto ano e não tinha sido tão legal quanto na República Dominicana. A única coisa que ela lembrava é que tinham milhões de mosquitos em um dos parques aquáticos e que ela ficou toda mordida.

Eu perguntei:

— Hmmm, Carrie, você não escreveu isso na prova, escreveu?

Carrie respondeu que sim.

— Claro que escrevi, Shizza. Eu fui muito honesta.

Nós estamos FERRADAS.

SEXTA-FEIRA, 22 DE AGOSTO

Cheguei do trabalho hoje à noite e fiz uma massagem com creme no cabelo para tentar tirar todo o cheiro de fritura. Passei chapinha, blush, coloquei a minha pulseira, e nessa hora a minha mãe berrou:

— Uuuuuhuuuuu, Shiraz, seu NAMORADINHO está aqui!

Olhei pela janela do quarto da Cava-Sue. Wesley estava do lado de fora estacionando o Golf amarelo-banana.

Ele saiu do carro vestindo calças pretas da Kappa e jaqueta azul-marinho da Hackett por cima de uma camiseta cor-de-rosa também da Hackett. O cabelo dele estava cheio de gel, do jeito que ele faz nos fins de semana quando quer me impressionar. Eu o observei trancando o Golf. Ele andou um pouco, depois se virou e olhou o carro por um tempo. Aí ele voltou para examinar uma mancha no capô. Wesley ama aquele carro.

Ainda sinto um friozinho na barriga quando vejo Wesley. Não tanto quanto na primeira vez, mas ainda acho que ele é lindo do jeitinho dele. E ele também é uma pessoa muito fofa. Nem todo mundo consegue sair com alguém supergato, tipo Ashton Kutcher, né?

Todo mundo na minha casa ama Wesley. No momento em que ele entra aqui, minha mãe — que consegue ser um monstro quando quer — já está fazendo chá, meu pai já está perguntando o que ele acha das novas transferências no West Ham, meu irmão já está convidando para jogar PS2 e Cava-Sue logo tira o pé horrendo de cima do sofá e abre espaço para ele se sentar.

— Hmmm, Wesley, será que você poderia dar uma olhada na nossa privada? — berrou a minha mãe enquanto eu descia as escadas. — Ela não está enchendo de água direito quando damos a descarga!

— Mamãe! Wesley não quer olhar a nossa privada! — falei, procurando minha outra argola.

— Ah, eu não me importo, não — disse Wesley, sorrindo. — Tenho umas ferramentas ali no porta-malas, se precisar.

— No porta-malas, Wesley?! — berrou mamãe. — Você não pode ficar andando com essas ferramentas no porta-malas! Vão roubar tudo.

— Mas ele nunca sabe quando vai precisar delas, mãe — falei, tentando não soar muito irritada. — Ele não tem como prever as nossas emergências sanitárias. — Wesley riu e começou a subir as escadas.

— Wesley, querido, você quer um sanduíche? — berrou mamãe. — Eu tenho uma lata de carne aberta aqui para a cadela.

— Não precisa, Sra. W! — berrou Wesley. — Eu vou levar a Shiraz para comer antes de irmos para o Vue.

— Aaa! Vão comer fora?! — perguntou mamãe. — Que chique. Você escolheu um rapaz muito bom, Shiraz! Eu nunca comi fora com o seu pai quando estávamos namorando, não é, Brian? Você nunca me pagou um jantar.

— Você não calava a boca, eu não tive chance de convidar — murmurou meu pai com a cara escondida atrás do *Daily Star*.

— O quê? — mamãe gritou.

— Falei que eu estava tão apaixonado que não sentia fome — respondeu papai.

Depois do Wesley ficar meia hora com a cara enfiada na cisterna da privada, nós finalmente fomos embora.

Nós fomos ao Xangai Xangai no Parque de Lazer de Romford para comer o prato do dia. Depois, fomos ver *TurboChase Terror II* com o The Rock e a Carmen Electra. O filme era sobre um cara que roubou um diamante sem querer. Ele só percebe o que fez quando começa a ser perseguido pelo The Rock e seduzido pela Carmen Electra, que passa o filme todo deitada nos capôs dos carros vestindo um top que mal cabe nela. Eu não queria assistir a esse filme, mas Wesley queria muito. Eu preferia ver um filme chamado *The Magician's Maze*, porque vi um programa sobre ele na TV. O filme conta a história de umas crianças que têm que correr o mundo depois de uma guerra nuclear. Parecia ser bem assustador, mas o Wesley descobriu que o filme era legendado, e aí mesmo que ele não quis.

— Ah, Shiz, eu só quero ver qualquer coisa. Não quero ficar lendo — disse ele durante o jantar. — Não quero sentir como se estivesse de volta à escola.

— Ah... Tudo bem — falei —, não tem problema. — Tentei não deixar transparecer minha decepção, mas não adiantou: Wesley percebeu e acabou pagando mais duas libras para que eu pudesse repetir a sobremesa.

Como eu já disse, Wesley é uma pessoa muito fofa.

SEGUNDA-FEIRA, 25 DE AGOSTO

Hoje foi MUITO ESTRANHO.

Toda segunda-feira, Mario entra na paranoia de que temos que limpar as xícaras de chá. Nem me pergunte o porquê disso. Eu tenho a impressão de que ele acha que é muito importante que os clientes sempre bebam em uma xícara que brilha, quando, NO MUNDO REAL, nós sabemos que elas nunca estão brilhando. Metade dos caras que vêm ao Sr. Gema para comer o Pedido C não ia nem notar se eu servisse o chá em uma das pantufas da minha avó. Eles não ligam. Mas eu não discuto com o Sr. Gema porque, para ser honesta, é até legal ter um tempinho de descanso lá nos fundos usando aquelas luvas amarelas e escutando a rádio Kiss 100.

Enfim... são 10h da manhã e eu estou com metade dos braços enfiados na pia quando o Mario entra e fala:

— Ei, Shirelle, sua amiguinha está querendo ver você. — Pergunto que amiga. — A que tem a boca cor-de-rosa e cara de surpresa. — Eu já sei que é Carrie. O Mario nunca se deu conta de que Carrie não tem cara de surpresa; ela simplesmente tem deixado as sobrancelhas bem finas e altas.

Carrie tem feito várias experiências no visual dela desde que ganhou de Natal um livro chamado *De fera a bela em trinta dias!*, de uma garota de Dagenham chamada Tabitha Tennant, que foi expulsa do *Big Brother* por ter trapaceado. Ela é dona de um salão de beleza em Covent Garden, em Londres. Ela é a heroína da Carrie. Foi Tabitha que começou a moda dos lábios "arcos de Cupido" este verão. Você pinta dois arcos bem altos na boca com rosa-shocking, como se fosse uma boneca. Carrie tem feito muito isso ultimamente.

Daí eu tiro as minhas luvas e vou lá para a frente. Lá está Carrie toda arrumada, lábios arcos de Cupido, sombra com duas cores, blusa com um dos ombros de fora e alça do sutiã cor-de-rosa aparecendo, calça jeans e argolas grandes, como se ela estivesse indo a uma boate para ver o DJ Platinum. Ela olha para mim e faz uma cara de irritada.

— Shizza, você é retardada ou o quê? — pergunta ela.

— Como assim? — respondo.

— Era para você estar de folga esta manhã! Estou ligando para você desde 8h. Por que você está fazendo isso? — disse ela.

— Estou fritando ovos, sua palhaça, estou trabalhando.

Carrie soltou uma gargalhada e disse:

— Eu sei que você está trabalhando, mas era para você ter ido pegar as notas dos exames! — Assim que lembro das provas, minha barriga começa a doer e eu me sinto muito ansiosa de novo, do mesmo jeito que me senti quando terminei a redação de inglês e revisei toda aquela besteira que eu tinha escrito sobre golfinhos.

— Ai, meu Deus, é mesmo — respondi. — Bloqueei isso na minha mente. — Carrie balança a cabeça e suspira.

— Vamos logo, Shiz — disse ela, impaciente —, eu quero saber quanto tiramos.

— Mas estou ocupada — murmurei —, estou lavando xícaras.

— Hmmm... tá — disse ela. — Eu cuido disso.

Aí Carrie foi até o Mario, que estava sentado analisando a seção de corridas no *Sun* com uma caneta na boca.

— Sr. Gema? — disse Carrie, fazendo uma voz bem suave e inclinando a cabeça para o lado. — Mario?

— O que você quer, querida? — perguntou ele.

— Mario... tudo bem se eu roubar a Shizza um pouquinho? Ela tem uma consulta no médico e esqueceu completamente. Eu disse que ia com ela... para dar apoio moral... — Ela estava falando com um sussurro alto agora. — Shiraz está com um pouco de VERGONHA de pedir para o senhor, sabe? É o médico *daquelas* partes, entende?

Carrie apontou para baixo.

— Aquelas partes? — disse Mario, e seu rosto ficou todo contorcido. — Ah... Podem ir! Vocês mulheres e as suas coisinhas. Isso nunca tem fim. Cansei de vocês. Vocês têm uma hora. E aí a Shirelle tem que voltar para cuidar do almoço. Vão logo!

Peguei meu casaco de capuz rosa, coloquei-o por cima do avental e saímos.

— Eu não acredito como isso sempre funciona — falei para Carrie.

— Pois é, por que os homens sempre acreditam nisso? — Carrie gargalhou. — Aquele Sr. Cleaver da educação física da Mayflower sempre acreditou que eu ficava naqueles dias toda semana. — Nós duas rimos bem alto porque só de lembrar daquilo já era engraçado demais.

Pegamos o ônibus para a Academia Mayflower escutando o CD novo do Roll Deep no Nokia da Carrie e comendo chocolate, que, para ser honesta, estava descendo que nem pedra no meu estômago porque eu estava supernervosa. Quando chegamos lá, tivemos que ir para o hall novo que tinha acabado de ser inaugurado depois do incêndio no Natal. Entramos na fila para pegar os resultados. Todo mundo ali tinha a minha idade e estava com um celular grudado na orelha e uns envelopes marrons nas mãos. Sean Burton estava lá de bobeira, balançando o envelope dele no ar e fazendo barulhos — o que não necessariamente indicava que ele havia passado, porque ele sempre era escandaloso daquele jeito. Kezia Marshall estava sentada na cadeira com o envelope em cima da barriga, olhando os resultados com uma cara triste.

— Ei, Shiraz, você viu Luther por aí? — berrou ela. Eu encolhi os ombros e disse que não.

Chantalle Strong e Uma Brunton-Fletcher estavam entrando junto conosco, fedendo a cigarro, e Nabila Chaalan estava no canto sendo filmada pelo pai enquanto abria o envelope e fazia cara de felicidade. Eu tinha a impressão de que ia ter uma caganeira ali mesmo, mais cedo ou mais tarde.

— Shiraz Bailey Wood — disse eu à Dora, da secretaria, como se ela não soubesse o meu nome... eu a vi com mais frequência do que vi os professores durante o oitavo ano. Ela piscou e pegou o envelope. Eu o coloquei embaixo do braço e saí sozinha para me sentar em um banquinho perto do estacionamento.

Mal conseguia respirar. Era isto que estava escrito:

REGISTRO DE NOTAS DO ALUNO
CERTIFICADO GERAL DE EDUCAÇÃO SECUNDÁRIA

NÚMERO DO LOCAL: 64276
NOME DO LOCAL: Academia Mayflower
NÚMERO DO CANDIDATO: 2987
NOME DO CANDIDATO: Wood, Shiraz Bailey
IDENTIFICADOR DO CANDIDATO: 6427568798768Q

TIPO	MATÉRIA	RESULTADO
EXAME	Língua Inglesa	10
EXAME	Literatura Inglesa	10
EXAME	Matemática	7
EXAME	Estudos Religiosos	9
EXAME	História	9
EXAME	Francês	8
EXAME	Geografia	8
EXAME	Ciências Aplicadas	5
EXAME	Artes	6

Olhei para o papel durante séculos. Eu NÃO conseguia acreditar naquilo.

Eu tirei 10!!! E outras notas bem altas! E mais outras acima da média! Tive os mesmos resultados que uma pessoa muito estudiosa teria! O meu coração ficou pulando dentro do peito e li o meu nome repetidamente, checando várias vezes se aquilo não era um erro. NÃO ERA! Lá estava o meu nome no topo da folha. Não tem outra Shiraz Bailey Wood no mundo! Pode checar no Google se você quiser! Passei em vários exames! EU PASSEI EM INGLÊS E EM MATEMÁTICA E EM RELIGIÃO! Fiquei meio tonta e enjoada de novo como se eu tivesse que ir ao banheiro. Aí eu me levantei e me sentei e me levantei de novo e continuei meio tonta. Peguei o celular para ligar para minha mãe ou para alguém, depois coloquei o celular de volta no bolso.

Bem nessa hora, um jipe 4x4 preto parou no estacionamento com as janelas abertas, tocando um R&B bem antigo, tipo dos anos 1990. Quem dirigia era uma moça com pele escura que usava óculos escuros de aro fino. Srta. Bracket! Ela saiu, bateu a porta do carro, me viu e acenou.

— Ei, bom-dia, Srta. Wood — disse ela. — Eu queria mesmo encontrar você!

— E aí, Srta. Bracket! — disse eu. A minha voz estava falhando tipo como se eu fosse chorar (o que era bem vergonhoso... mas não tinha como me controlar).

— E então, como foi? — pergunta ela, olhando para o papel dos resultados.

— Eu passei! — gritei. — Tirei duas notas 10, cara! Opa, desculpa, foi mal. Olhe isso! Eu tirei várias notas boas...

Ela pegou o papel, olhou as notas e o rosto dela ficou todo iluminado.

— Nossa, Shiraz Bailey Wood! — exclamou ela. — Que notícia MARAVILHOSA! Muito bom. Você merece, com certeza! Muito bem!

— Brigadinha! — respondi, começando a chorar que nem um bebê. A Srta. Bracket colocou uma das mãos no meu ombro.

— Agora, Shiraz, como nova coordenadora de inglês, eu realmente espero que você continue conosco no ensino médio da Academia Mayflower. Quero ser sua professora novamente. Falando nisso, só um minuto. Pegue um desses aqui. Eu acabei de chegar da gráfica.

A Srta. Bracket abriu a pasta e pegou um livreto com o título "Ensino Médio Academia Mayflower — Um Centro de Excelência".

Na mesma hora, o Sr. Bamblebury apareceu com uma cara séria e falou para a Srta. Bracket que precisava conversar sobre horários.

Eu enfiei o boletim no bolso do casaco e fui andando devagar para o Sr. Gema. O bife e a torta de galinha tinham acabado, e os clientes estavam começando a se revoltar contra Mario.

Continuei lavando as xícaras para que elas ficassem sem mancha alguma. Tive que esfregar muito. Como eu disse, hoje foi muito estranho.

TERÇA-FEIRA, 26 DE AGOSTO

Não liguei para ninguém para contar sobre os resultados porque, honestamente, eu não queria ninguém enchendo o meu saco.

Só que cheguei em casa hoje e Cava-Sue tinha organizado um encontro especial de família para tomarmos chá. A vovó e o Wesley estavam lá. Cava-Sue até foi na padaria e encomendou um bolo para mim, um daqueles que vêm com o rosto da pessoa em cima, o que foi muito fofo da parte dela — se bem que a foto que ela usou era muito velha. Era uma foto de escola, tirada no sexto ano: meu cabelo estava todo preso e minha testa ficou enorme; para melhorar, eu estava com olheiras e parecia uma retardada mental.

Cheguei em casa e a vovó e o amigo dela, Clement, estavam na sala tomando chá. A vovó e o Clement vivem juntos agora porque a outra amiga deles, a Gill, morreu do nada este ano. Acho que eles ficam se vendo todos os dias para ter certeza de que o outro não vai embora. Eles estão sempre se zoando. Clement é um senhor muito engraçado. Ele é do Caribe e tem uma maneira sempre cuidadosa de falar sobre tudo, como se soubesse um pouquinho de tudo no mundo. Ele sempre usa chapéu, tem oitenta e poucos anos, e ama bolo. Isso é tudo o que sei sobre Clement.

— Fiquei sabendo que temos um gênio entre nós, menina Shiraz! — disse ele quando me viu.

— Ah, nem tanto — respondi. — Eu nem sei como consegui fazer aquilo. Acho que foi pura sorte.

— Não seja modesta! — disse minha avó. — Ela sempre foi inteligente, desde criança! Não é, Diane? Você lembra quando ela tentou doar o nosso Murphy para aquela feira da escola? Meu Deus! Eu ri muito com aquilo!

— Vó, eu só tinha 11 anos — exclamei.

— Ah, mas foi muito engraçado — falou vovó, se engasgando. — A professora falou para vocês levarem coisas que já não queriam mais! Aí você tentou vender o Murphy! Você sempre tem essas tiradas!

Nesse momento, minha mãe entrou na sala carregando o bule com água para o chá. Ela ainda estava usando o uniforme do trabalho e estava rindo muito.

— Aí eu recebo uma ligação da escola, Clement — contou mamãe —, dizendo, "Sra. Wood, a sua filha trouxe o irmão, Murphy, para tentar vendê-lo. Ela o colocou sentado em um banco na entrada da escola com uma etiqueta de preço presa no pescoço. Ele está chorando muito e acabou de molhar as calças sem querer!" Sei que não devia rir, mas foi muito engraçado, meu Deus!

— Eu com certeza não ri — disse Murphy com uma voz irritada. Ele estava tentando assistir *Richard and Judy*. Nós já escutamos essa história tantas vezes que eu podia fazer uma música com ela.

Na cozinha, Cava-Sue e Lewis estavam colocando minissalsichas em espetos e os espetos em um melão para fazer um porco-espinho.

Wesley chegou mais tarde. Ele tinha ido à Beaverbrooks no Shopping Ilford para comprar um presente de comemoração pelos resultados dos meus exames! Era um cordão e um pingente grande, em formato de coração, com espaço para duas fotos.

— A mulher da loja falou que você tem que colocar a minha foto de um lado e a sua do outro, porque quando você fechar o pingente nós vamos ficar sempre nos beijando, sacou? — disse Wesley.

— Ahhh, isso é muito fofo — disse a minha mãe olhando para o presente com ciúme.

— Obrigada, baby, você é o máximo — agradeci.

Eu não conseguia parar de olhar para o presente porque ele era muito grande. Maior do que o pingente de palhaço da Uma Brunton-Fletcher. Gigantesco.

Papai logo chegou do trabalho, aí todos puderam comer — mas não antes de ouvirmos o discurso que Cava-Sue tinha preparado. Desde que ela passou naquelas provas de teatro, tudo vira show.

— Eu só queria dizer, em nome de todos nós — disse Cava-Sue batendo uma colher contra um copo —, que estamos muito orgulhosos da nossa Shiraz por ela ter passado nas provas! Shiz, acho que você tem um futuro brilhante pela frente. Então, um brinde a você! Saúde!

Ela ergueu um copo de Peach Lambrella.

— Saúde! — dissemos todos, e brindamos.

Se a noite tivesse terminado naquele momento, teríamos evitado a briga.

— Quais são os planos agora, Shiraz? Será que você vai acabar na Downing Street junto com nossos ministros? — disse Clement comendo o pedaço do bolo que tinha a foto do meu nariz.

— Bem, não sei mesmo — respondi. Mas eu já sabia; estava fingindo.

— Ah, sabe sim — disse Cava-Sue. — Você vai fazer o ensino médio!

— Ela vai o quê? — perguntou mamãe. — Não vai mesmo! Ela tem um emprego!

Cava-Sue discordou.

— Shiraz não tem um emprego de verdade! Ela trabalha na droga do Sr. Gema! — disse ela, e me cutucou com força no braço. — Shiz, você não falou com a mamãe sobre seus planos?

— Cara, eu nem sei o que vou fazer! — resmunguei.

— Bem, agora você já sabe — disse Cava-Sue. — Você vai para o ensino médio! Você não pode desistir agora. Você tem que investir na sua educação!

Murphy e Wesley começaram a sair da sala de fininho.

— Ah, que beleza! — disse mamãe apontando para mim. — Outra filha que vai ficar nessa bobeira de estudar em vez de correr atrás do prejuízo!

Cava-Sue ficou meio irritada com isso.

— ISSO NÃO É BOBEIRA! — berrou Cava-Sue. — Fiz as provas para Estudos Teatrais e Estudos Gerais. Passei em tudo! Eu estava em Londres quando os resultados saíram e NINGUÉM FEZ UMA FESTA PARA MIM!

— Tá, Cava-Sue, tudo bem — gritou mamãe —, mas achei que você estivesse fazendo as provas para conseguir arrumar um emprego decente e ganhar dinheiro! Mas você não tem nada! Fica indo de uma coisa para outra! Eu tenho mil contas para pagar!

— Tudo bem! Por favor — disse vovó —, nós bebemos um pouquinho! Vamos parar de discutir!

Nós só tínhamos bebido metade da garrafa de Peach Lambrella, e eram nove pessoas!

— Eu e Lewis vamos viajar! — berrou Cava-Sue, apontando para Lewis, que estava tentando se esconder atrás do porco-espinho de salsicha. — É por isso que nós ainda não começamos nossas carreiras! E para ser franca, mãe, a ideia nem é ter um emprego importante. Que tal estudar só por estudar?! Que tal estudar simplesmente para melhorar o cérebro?!

Mamãe fez uma cara horrível.

— Bem, o meu cérebro está muito bem, obrigada, e eu não fiz nenhum exame desses! — berrou ela. — Arrumei um emprego assim que pude, e não tinha nem 16 anos! Eu tinha 15! Clive, o gerente da Livraria Edmund Bosworth, que descanse em paz, tinha que me pagar em dinheiro porque eu era muito nova para ter carteira assinada! Mas eu estava na porta da livraria às 8h da manhã todos os dias e eu ia com ORGULHO.

— Ah, é mesmo, mãe? — Cava-Sue suspirou e parecia estar muito nervosa. — Conte de novo. Só ouvi essa história OITO MILHÕES E NOVECENTAS E DOZE VEZES desde que nasci.

De repente, senti que tinha que falar o que estava preso na minha cabeça, porque eu estava quase morrendo de tanta vontade de dizer aquilo.

— GENTE! CALEM A BOCA UM SEGUNDO — berrei. Todos se calaram e olharam para mim. — EU QUERO CONTINUAR OS ESTUDOS, É VERDADE! QUERO FAZER OS OUTROS EXAMES!

Ninguém falou nada. Todos ficaram olhando de boca aberta. Mamãe simplesmente tocou os lábios com os dedos, e meu pai piscou para mim. Eu vi que ele estava se contendo para não sorrir.

No dia seguinte, quando cheguei em casa do Sr. Gema, vi meu pai colocando uma mesinha com uma cadeira no canto do meu quarto. É simples, mas é um lugarzinho para eu estudar.

Ha! "Um lugarzinho para eu estudar."

Meu Deus... escutou isso? Sou mesmo uma CDF.

SETEMBRO

Ilford Bugle

É HORA DE COMEÇAR DO ZERO, DIZ O DIRETOR DA "ACADEMIA DOS ENCRENQUEIROS"
— Por Mark E. Taylor

Um "centro de excelência", um ensino médio novo em folha, e resultados muito bons nos exames são as marcas de um novo começo para a Academia Mayflower, afirma Siegmund Bamblebury, o diretor otimista.

A Academia Mayflower — apelidada de "Academia dos encrenqueiros" pela mídia, devido ao comportamento antissocial de alguns alunos — recebeu recentemente uma verba milionária do governo. O fundo ajudou na renovação e na extensão da escola, bem como na contratação de novos professores e melhoria da biblioteca.

— Quero deixar o passado para trás. Já é tempo de acabarmos com os comentários negativos por parte da mídia — disse o Sr. Bamblebury, referindo-se aos casos de uso de drogas, direção indevida de veículos e notas baixas, fatores que levaram a inspeção Ofsted de 2004 a classificar a escola como "a pior instituição da Grã-Bretanha". — É importante olharmos para frente, e não para trás — continuou o Sr. Bamblebury. — Os dois últimos anos viram uma evolução notável.

Quando questionado sobre o último Festival de Inverno da Mayflower, que resultou em um incêndio no saguão principal, o Sr. Bamblebury desligou o telefone, interrompendo a entrevista.

TERÇA-FEIRA, 2 DE SETEMBRO

Fui até a casa da Carrie hoje à noite porque Maria, a mãe dela, preparou uma festinha por ela ter passado nos exames. Carrie não foi tão bem quanto eu, mas mesmo assim tirou três notas 9, o que é muito bom considerando que ela não havia se preparado, pelo que eu vi.

Maria queria ter comemorado na semana passada, mas o pai da Carrie, Barney, recebeu uma encomenda enorme para instalar jacuzzis em toda Chigwell. Um cara chamado Malik, que trabalha na cidade, recebeu um bônus gigantesco em dinheiro e decidiu comprar uma jacuzzi para CADA MEMBRO DE SUA FAMÍLIA. Barney ficou muito feliz. Ele não ia para casa nunca, a não ser para dormir.

— Quando a oportunidade aparece, temos que agarrá-la com as duas mãos! — é o que Barney Draper sempre diz. — Não vou deixar que a minha filha use qualquer sapato ou qualquer maquiagem a vida toda. E ela também não vai ficar pequenininha, sentada no meu colo, por muito tempo — disse ele.

Eu gosto muito do pai da Carrie. Apesar de ter muito dinheiro, ele não é metido nem nada. Quero dizer, ele pode até usar camisetas caras e ficar mostrando a carteira o tempo todo, mas não é esnobe. Eu gosto da mãe da Carrie também, mesmo que seja meio metida, sabe?

— Mais metida do que devia ser — diz mamãe.

Minha mãe não vai muito com a cara da Maria porque ela já foi garçonete no Clube Goodmayes e estava sempre sem dinheiro. Aí, do nada, ela se casa com um bombeiro chamado Barney. Ele começa a vida com um escritoriozinho, e, de repente, eles não estão mais em Dovehill Close; vão para Swansbrook Drive, moram em uma casa maneira e andam de carro com teto solar. Em vez de ficar colecionando as miniaturas dos figurinos vitorianos da revista *News of the World*, Maria tem dinheiro suficiente para comprar a coleção inteira, de verdade. Como se não bastasse, ela ainda se dá o luxo de usar as peças para decorar a beira do lago artificial que ela simplesmente CONSTRUIU em casa. Quando Maria e Barney estavam construindo a mansão — que fica no outro lado de Goodmayes, estilo casa de campo, portões eletrônicos, decoração especial de Natal, batizada de Lar dos Drapers —, minha mãe ficou tão furiosa que mal conseguia pronunciar o nome da Maria sem contorcer o rosto todo, como se tivesse tomado um gole de leite azedo.

Lá estava eu sentada na sala de jantar do Lar dos Drapers com a Carrie comendo toneladas da torta de trufa de chocolate que Maria encomendou de uma doceira de Epping Forest que faz bolos de aniversário para celebridades — por exemplo, o elenco de *EastEnders*. Uma vez, ela fez a rainha Vic toda de creme, massa, açúcar cristal e confete. Foi capa no *Ilford Bugle*. Enfim... o bolo da Carrie tinha o formato de um livro aberto para simbolizar seus esforços nos estudos. Eu tive que rir. O que REALMENTE teria simbolizado os exames da Carrie teria sido um boneco de marzipã roncando em cima do *De fera a bela em trinta dias!*, e outro boneco (eu), lendo *Jane Eyre* e berrando: "Carrie! Acorde, sua lesada!"

— Bem, quero fazer um brinde à minha filha — disse Maria. — Estou muito orgulhosa de você, meu amor. E muito orgulhosa por você continuar na escola e fazer outras provas!

— E não só provas — disse Barney, todo feliz. — Depois vem a universidade, a graduação em algum curso de administração ou coisa do tipo! Você pode acabar sendo dona da empresa toda! Dar um descanso para o seu velho pai conseguir ler o jornal!

Maria e Barney estavam bem emocionados.

— É — concordou Carrie. Aí ela deu um beijo neles e nós levantamos as taças de champanhe Moet e Chambum, que é o champanhe chique que o Barney sempre compra para ocasiões especiais. É bem doce, mas depois eu sempre fico com um bafo meio ruim.

— Saúde a todos — brindou Maria, mostrando os dentes bem brancos, fruto do clareador que ela tinha acabado de usar.

— Tim-tim! — berrou Barney levantando o copo.

Eu e Carrie fomos para o quarto depois disso e nos deitamos na cama e assistimos *Yo Momma!* na MTV. Carrie fez minhas sobrancelhas e tirou minhas cutículas. Digamos que ela não estava tão animada quanto eu estaria se Barney Draper tivesse acabado de falar que eu podia ficar com a empresa dele! Acho que ela estava naqueles dias.

QUINTA-FEIRA, 4 DE SETEMBRO

Cava-Sue e Lewis mudaram os planos de viagem. Eles iam para o Vietnã no dia primeiro de dezembro e ficar para o festival de mágica Moonyflunkcock (acho que foi isso que eu escutei em uma conversa de telefone). Aí depois eles iam para a Tailândia conhecer cachoeiras e templos. Cava-Sue disse que precisa sair da Grã-Bretanha para "realmente ampliar suas percepções do mundo ocidental".

Depois da Tailândia, eles vão para a Austrália encontrar a Pixie; parece que os pubs de lá são ótimos.

O que atrapalhou os planos foi que a mãe do Lewis, a Vera, disse que não vai poder fazer o empréstimo que tinha prometido porque os lucros no pub estão meio ruins no momento. Cava-Sue tem ligado para uns bancos pedindo um cartão de crédito, mas nenhum liberou o cartão. Ela disse que a viagem vai ter que ser adiada para o dia nove de fevereiro.

Minha mãe disse que eles deviam aproveitar e fazer uma "viagem" até a central de empregos do Shopping Ilford e "checar o festival mágico de trabalho". Nós todos rimos por horas quando ela disse isso, menos Cava-Sue, que começou a chorar.

SEXTA-FEIRA, 5 DE SETEMBRO

Essa noite, voltei do trabalho pela Estrada Thundersley muito irritada porque, a partir de amanhã, vou trabalhar no Sr. Gema aos sábados. Acredite: passar oito horas por semana com o Sr. Gema é muita coisa. Especialmente quando você é a negociadora entre ele e o grande público, que fica tentando mudar detalhes nos pratos especiais de café da manhã.

— Não, Shirelle — sussurra ele para mim. — Diga que NÃO pode colocar cogumelos no lugar do feijão! O Pedido C vem com feijão! Não sou escravo deles! O Pedido C é a combinação perfeita. Não mexa nisso!

Enfim... eu estava quase chegando em casa quando vejo Clinton Brunton-Fletcher com a cabeça ruiva toda raspada vindo em minha direção no meio da rua usando um tênis BMX muito pequeno para ele, como se tivesse sido tirado do pé de uma criança. Ele parecia nem saber aonde estava indo. Quando me viu, disse "Shizz", e eu respondi "E aí, Clint", antes de ele desaparecer no fim da rua. Logo depois, eu escuto a voz da Uma berrando, "Clintooooon! Você não vai me deixar aqui com isso tudo!" Ela berrou sem necessidade, porque ele já tinha ido embora.

Eu olhei para o fim da rua, e Uma estava em pé no jardim da frente. A casa dela estava mais feia do que nunca porque tinha uma geladeira e um sofá na entrada, e as cercas tinham sido queimadas.

— E aí, Shizza — berrou Uma.

— E aí, Uma — berrei. Eu não queria ir até lá falar com ela, mas eu sabia que se não fosse ela ia reclamar depois. Então resolvi dar um oi, mas sem ficar de papo.

— Tá fazendo o quê? — perguntei.

— Ah, nada. Estou aqui com o Zeus vendo TV — disse ela. Nesse momento, o cachorro da Uma, o Zeus, veio correndo de dentro da casa todo desajeitado e com medo. Ele é um Staffy todo grandão com uma coleira com espetos.

Uma é até bonita quando você olha para ela com cuidado e esquece quem ela é. Ela é muito alta, com olhos enormes e castanhos e tem uns dentes meio grandes, muito brancos. Ela é magra com pernas longas e cintura fina. Só que usa umas roupas megavulgares. Legging bem justa, tops curtos e saias bem pequenas. E ela vira bicho se acha que alguém a está desrespeitando — o que acontece sempre, porque ela é paranoica. Eu a conheço desde o jardim de infância, mas minha mãe não gosta nada dela. Quando o pai dela foi preso por vender maconha em janeiro passado, minha mãe ficou toda feliz porque achou que os Brunton-Fletchers iriam receber uma ordem de despejo e se mudar para outro lugar de Essex.

— Até que enfim! — disse mamãe. — Eles estragaram essa rua desde o primeiro momento em que pisaram aqui.

Na verdade, o que aconteceu foi que a Rose, mãe da Uma, se mudou para Durham por um tempo para ficar mais perto da prisão e levou as crianças mais novas com ela, deixando Uma e Clinton vivendo sozinhos com Zeus. As pessoas têm medo do Zeus, mas eu sei que ele não é nenhum demônio em forma de cachorro: Uma dorme com ele toda noite, abraçando-o como se ele fosse um travesseiro fofo. Ele é tipo a única família que sobrou para ela além do Clinton — mas ele não conta.

— Quer um tapa? — ofereceu Uma.

— Não, eu prometi à mamãe que ia para casa fazer o chá do papai — menti. Odeio o cheiro de maconha, imagine se vou fumar isso!

— Ah, tudo bem. Eu vou parar de fumar mesmo — disse ela, encolhendo os ombros. — Vejo você na segunda, né?

— Hmmm, por que na segunda? — perguntei.

— Eu vou fazer o ensino médio — respondeu ela.

Tentei ao máximo não dizer "COMO FOI QUE VOCÊ CONSEGUIU PASSAR NAS PROVAS?", porque, como eu disse, Uma é muito paranoica, e fumar maconha não tem ajudado muito.

MAS, FALA SÉRIO, COMO ELA CONSEGUIU?????? COMO?!

SEGUNDA-FEIRA, 8 DE SETEMBRO

1h — MEU DEUS, hoje eu começo o ensino médio.

3h — Ainda acordada. Não consigo dormir de jeito nenhum.

5h — Drogaaaaa! Ainda estou superacordada e não consigo voltar a dormir porque fico pensando na escola. Sabe de uma coisa? Acho que não pensei direito sobre isso. Acho que me empolguei com a Srta. Bracket e o discurso de eu "ser dona do meu destino". A Srta. Bracket é tipo o Mestre Yoda. Ela é muito boa em fazer com que alunas que sempre se acharam um lixo passem a acreditar que podem ser boas. Foi isso que ela fez comigo. Ela é uma manipuladora, isso sim.

Talvez a minha mãe esteja certa. Pelo menos o emprego no Sr. Gema estava me fazendo trazer dinheiro para casa, e eu devia estar orgulhosa de poder me sustentar sem a ajuda de ninguém. Talvez mamãe esteja certa. Talvez vá ser muito engraçado quando eu for chorando pedir meu emprego de volta e o Sr. Gema já tiver dado minha vaga para uma mulher polonesa que trabalha duas vezes mais do que eu e ganha metade do meu salário. Não vou me sentir tão esperta quando isso acontecer, segundo a mamãe.

5h25 — Eu acho que estou tendo um ataque de ansiedade. Estou em pânico. Não sei o que vestir e não sei o que levar e não sei que matérias vou fazer. Ontem, Cava-Sue disse que eu devia vestir alguma coisa confortável, levar uma caneta e "curtir a experiência". E ela disse que eu tenho que parar de ser tão teatral.

Eu, teatral? Rá, rá, rá. Não levou uma semana e meia na faculdade em Ilford para ela se vestir toda de emo, andar com um casaco listrado, um chapéu enorme e cachecol. Parecia aquele cara do *Onde está Wally?*

Eu não quero mudar desse jeito se ficar no ensino médio. Gosto de ser eu.

7h30 — Acabei de ligar para Carrie para pedir um conselho estilístico. Ela acha que a vestimenta de hoje deve ser "casual-inteligente" ou "casuint", como gosta de dizer. Tem uma parte que fala sobre roupas casuint no capítulo "Vestindo-se para impressionar" no *De fera a bela*. Carrie contou que Tabitha Tennant disse que casuint significa "um look business com um toque despojado, possivelmente com uma leve inclinação para um figurino esporte".

O QUÊ? O que quer dizer isso? Será que serve a blusa que mamãe comprou para mim para ir ao casamento da Tia Glo, aquela que tem uns botões de concha? Serve a jaqueta da mamãe com o meu boné Von Dutch e uma raquete de ping-pong?

8h — OK. Eu vou vestir minha melhor calça jeans da TopShop. Minha camiseta rosa da River Island que tem uns babados brancos, tênis Ellesse e casaco branco com capuz da Mckenzie. Vou de cabelo solto com uma faixa dourada e minhas argolas douradas. É isso. Não vou mudar de novo. Chega.

8h15 — Ah, e o cordão dourado que Wesley comprou para mim, é claro, o que tem as nossas fotos de quando fomos ao show do Tim Westwood na Bashmentbrap, em

Romford. Wesley vai me levar até a escola e ele fica meio chateado se eu não usar o cordão, porque custou uma fortuna e foi comprado com o dinheiro que podia ter sido usado para calotas. Tenho que ir.

TERÇA-FEIRA, 9 DE SETEMBRO

AI, MEU DEUS. Ontem foi muito bizarro. Vou tentar escrever tudo, e este com certeza vai ser um capítulo importante na história de vida de Shiraz Bailey Wood quando os meus diários forem para a pessoa que vai escrever minha biografia.

Então... nós chegamos à Mayflower de manhã e despachamos Murphy, que estava no banco de trás e ia para o primeiro dia de aula no oitavo ano. Aí Wesley segurou a minha mão e veio com aquele papo! "Boa sorte, Shizza, vai dar tudo certo. Não se preocupe."

Para ser honesta, Wesley parecia estar mais preocupado do que eu. Especialmente quando ele viu um bando de caras entrando no prédio onde funcionava o ensino médio, todos com suas melhores roupas, como se estivessem indo para a *night*, e não para a escola.

Aí Wesley perguntou:

— Shiraz... Você conhece esses caras do ensino médio e tal?

Eu respondi:

— Não, nem conheço. — Pela primeira vez, eu me dei conta de que o ensino médio da Mayflower não ia ser igual à escola, onde eu conhecia todo mundo. E ia ter alunos de outras escolas também, como da Academia de Meninos Regis Hill e a Granja Walthamstow e a Duque Thomas, de Leytonstone.

Fiquei enjoada de novo. Comecei a perceber que eu estava me enganando, pensando que tudo ia ser como antes, cheio de gente conhecida. Naquela hora, me toquei de que ia me misturar a um bando de gente nova — e eu seria nova também.

Então dei um beijo no Wesley, me despedi e entrei no prédio, que tinha um salão branco grande com sofás e poltronas, e parecia ser um bom lugar para ficar de bobeira antes das aulas. Tinham uns alunos em pé lendo o livrinho sobre o centro de excelência e um bando de gente do oitavo e do nono anos do lado de fora com as caras nas janelas olhando para nós como se fôssemos peixes em um aquário. Os professores ficaram berrando para que eles saíssem.

Tinha uma cozinha pequena no canto, com uma chaleira e um micro-ondas, e uma TV no outro lado do salão. Ela estava ligada e tinha um garoto com cabelo castanho desarrumado, calças largas e o rosto forte assistindo a *Hostilidade em Família*, apresentado por Reuben Smart. O garoto do rosto forte estava rindo bem alto do cara que estava no show.

— Dê uma olhada nisso, Saf — disse ele ao amigo, um carinha negro muito gato que estava sentado mandando uma mensagem pelo celular. Ele estava usando um daqueles lançamentos limitados da Nike que só foi vendido na Niketown, daqueles que todos os outros meninos ficam querendo saber em que loja o cara comprou.

— Onde eles arrumam esses idiotas? — disse ele, apontando para a televisão. Eu fui para bem longe da TV rapidinho, sem falar nada.

Finalmente, depois de eu ficar 18 horas sozinha, sentindo como se tivesse uma seta neon bem brilhosa apontando para mim dizendo SEM AMIGOS, a porta se abre e Carrie, Luther Dinsdale e Nabila Chaalan entram. Depois, logo atrás, aparecem Sean Burton e Sonia Cathcart, ambos bem "casuint". Carrie, cujo bronzeado estava no estilo "Passei um mês no Caribe", estava vestindo uma saia preta e um top preto de mangas compridas com babados nas pontas, e botas marrons longas que eu nunca tinha visto antes. Ela estava parecendo uma celebridade.

Nós da Mayflower começamos a gritar "U-huuuuu!" quando nos encontramos. Até eu e Sonia Cathcart ficamos felizes quando nos vimos, o que é meio estranho. Eu não sou muito amiga da Sonia desde o sexto ano, quando a família dela voltou a ser cristã e ela me falou que eu não era cristã porque não comungava aos domingos, e por isso seria interrogada no dia do julgamento — parece que vai rolar uma grande tempestade e ela vai estar no paraíso, enquanto que eu vou ficar aqui embaixo com A BESTA.

Aí eu respondi:

— TUDO BEM, Sonia, eu prefiro ficar aqui embaixo sendo cutucada pelo demo do que no paraíso com o seu pai e aquele tamborim infernal que ele toca e o megafone que ele usa para ficar pentelhando todo mundo sobre Jesus Cristo no meio da rua aos sábados. Falando nisso, Sonia, minha mãe acha que seu pai não é tão santo assim porque ele está sempre na casa de apostas e ela acha que ele não foi tocado por Jesus coisa nenhuma, que ele está é surtado e precisando que o Dr. Gupta dê uma olhada na cabeça dele!

Bem, na época foi a maior confusão e não pude voltar para as aulas de Estudos Religiosos até que me desculpasse por escrito. Mas, como eu disse, tudo aconteceu no sexto ano e muito tempo já se passou. Eu só não chamaria Sonia de melhor amiga e tal. Nem Nabila Chaalan. Mas foi engraçado porque ontem, quando eu, Sean, Nabila e o resto do pessoal demos uma olhada no salão do ensino médio, percebemos que esse grupo é tudo o que temos.

A porta se abriu e Uma Brunton-Fletcher entrou. Ela estava vestindo legging preta, saia jeans curta, casaco preto com capuz, argolas douradas grossas e o pingente de palhaço por cima da roupa. Seu cabelo estava preso em um rabo de cavalo que a minha mãe chama de "Lifting Facial de Ilford". Todo mundo que a conhecia tentou não ficar chocado ao vê-la, mas sei que todos ficaram surpresos.

—E aí — disse ela com o olhar baixo, fingindo estar olhando para o celular. Assim que ela foi ao banheiro, Sonia sussurrou bem alto: "O QUE UMA BRUNTON-FLETCHER ESTÁ FAZENDO AQUI?!" Aí Carrie disse que a mãe dela conhece umas pessoas que trabalham no conselho da escola, e eles acham que a Mayflower está deixando uns alunos que nunca sonhariam em estudar entrar no ensino médio para conseguir fundos do governo e ficar bem na fita nos jornais "porque estão dando uma chance para os mais fracos".

Eu me senti mal de novo imaginando o que os amigos da mãe da Carrie estariam falando sobre mim.

Passei a maior parte do resto do dia me inscrevendo nas matérias. Eu me inscrevi nas aulas de literatura inglesa, história, estudos cinematográficos e pensamento crítico. Tudo parece ser bem difícil. Encontrei a Srta. Bracket e ela falou que escolhi "uma boa combinação de matérias em uma área na qual eu já havia mostrado aptidão, e isso seria um grande desafio". Amo o jeito como ela pega uma coisa superassustadora e a transforma em um jogo muito maneiro. Carrie vai fazer literatura inglesa e estudos cinematográficos também, então pelo menos vou ter com quem me sentar nas aulas.

Ainda não sei se estou fazendo a coisa certa. Ainda não sei se sou o tipo de pessoa que faz o ensino médio. Alguns alunos ali pareciam ser bem metidos. Tipo, ontem eu estava na fila para me inscrever em pensamento crítico e tinha um garoto em pé na minha frente causando a maior confusão. (Depois eu percebi que era o mesmo cara que estava rindo do *Hostilidade em Família*.)

Enfim... lá estava eu esperando e esperando e esperando e esperando na fila porque ele demorou séculos para se matricular. Ele queria saber sobre o curso nos mais ínfimos detalhes, e o Sr. Stockford falou:

— Joshua! Vai ser tudo explicado no primeiro dia de aula! — Aí o tal do Joshua do rosto forte respondeu:

— Mas eu preciso saber agora! Como é que vou me inscrever em um curso sem conhecer a ementa direito? — Eu meio que concordei com ele, mas não teria colocado isso daquela maneira. Eu teria dito: "Cara, não vou me matricular em nada agora. Você acha que sou idiota?"

De qualquer forma, depois de 1h10 de discussão, o Sr. Stockford disse:

— Ok! Ok! Nós vamos manter uma vaga provisória para você, Joshua Fallow! Venha à aula de introdução e faça a matrícula quando se sentir mais seguro.

Eu dei um suspiro profundo de alívio e murmurei "Graças ao Senhor Jesus Cristo". Joshua se virou para trás e ficou olhando para mim. Ele me examinou de cima a baixo, como se eu fosse um manequim numa vitrine e ele estivesse checando os novos modelitos da coleção outono/inverno.

— Quem é você, hein? Você também vai fazer pensamento crítico? — perguntou ele.

Seus olhos eram azuis que nem água de piscina. Sua pele era bronzeada e os lábios bem bonitos.

— Eu sou Shiraz Bailey Wood — respondi na cara dele.

— Shiraz Bailey Wood? — Joshua inclinou a cabeça para o lado, do mesmo jeito que Penny faz quando quer pedir um doce para nós. — Shiraz? — repetiu ele. — Que nem o vinho?

— É — confirmei.

— E Bailey? — disse ele. Eu respirei fundo.

— Que nem o nome daquele licor irlandês — respondi, olhando dentro dos olhos dele, como se não tivesse medo.

— Shiraz Bailey Wood — repetiu ele.

— Isso — confirmei.

— Eu sou Joshua Ezra Fallow — disse ele.

— Tá — respondi fazendo uma cara de "E daí, querido?".

— Putz! Que pingente gigante — ele exclamou quando olhou para o presente do Wesley.

— É, muito obrigada — respondi. Passei por ele e fui fazer minha matrícula. Ele é um desses caras que sabe que é bonito, então é meio cheio de si. Como eu já disse, não tenho saco para garotos assim.

21h15 — Acabei de falar com Cava-Sue e ela disse que está superfeliz por eu ter me matriculado nessas matérias. Ela falou para eu NUNCA falar para a mamãe sobre estudos cinematográficos, porque ela vai dizer que os professores mentem para os alunos, mas isso é viagem dela.

21h30 — Isso, vai zoando, Cava-Sue! Você só pode estar brincando, né? O seu próximo conselho vai ser que eu realmente leia tudo que está na lista da Srta. Bracket, incluindo *Rei Lear* e *Henrique IV*, de Shakespeare! Hahahahaha!

QUINTA-FEIRA, 11 DE SETEMBRO

Cava-Sue e Lewis arrumaram um emprego. Eles estão trabalhando no Sanduíches Raio de Sol, em Ilford. Tem milhões de empregos nessa lanchonete porque todo mundo foi mandado embora na semana passada, depois que uma investigação feita pelos donos descobriu que os atendentes estavam dando sachês de ketchup e refil de refrigerante de graça para os clientes amigos. Cava-Sue e Lewis têm que vestir calças cor de salmão, camiseta preta e bonés verdes de beisebol com a inscrição "QUERO FAZER UM RAIO DE SOL PARA VOCÊ!". Minha irmã disse que esse emprego vai ajudar por alguns meses e que tudo isso vai valer a pena quando ela estiver no norte da Tailândia "interagindo" com as mulheres de pescoço longo em Mae Hong Son.

Às vezes eu me pergunto se Cava-Sue se arrepende de ter feito o ensino médio. Ela nunca fala sobre isso. Ela só fala em viajar agora. Viajar para lugares estranhos onde você precisa ter tomado dez vacinas na bunda antes de entrar no avião, e também precisa de calças especiais para evitar que formigas invasoras subam pelas suas pernas e acabem nos seus rins. Antes ela do que eu.

O que eu acho mais bizarro é que Cava-Sue nunca falou sobre viajar antes de encontrar o Lewis. Viajar era o grande sonho dele, NÃO o dela. É isso que me assusta nos namorados. Parece que quando você está com ele por um tempo, você começa a perder a noção do que realmente quer. Eles confundem a sua cabeça.

SEXTA-FEIRA, 12 DE SETEMBRO

Ai, graças a Deus é sexta. Estou EXAUSTA. Passei a semana toda na Mayflower tendo as minhas primeiras aulas do ensino médio — para ser mais exata, sentada jogando "vamos nos conhecer" com o pessoal da Regis Hill, da Granja Walthamstow e de outras escolas.

— Todo mundo escolha um par! — berrou a Srta. Bracket na primeira aula de inglês. — Vocês vão ficar cinco minutos contando um para o outro sobre seus interesses! Depois, contem tudo para o resto do grupo!

Eu descobri que não tem nada que me interesse. Nada importante.

Afinal de contas, o que é que eu faço o dia todo? Compras? (Eu nem compro nada, só fico olhando, porque sou pobre.) Fico com Wesley? Assisto *EastEnders*? Vejo o Orkut? Aparentemente, essas atividades NÃO contam. Não quando tem uma menina na minha sala chamada Tonita que frequenta a pista de gelo Lea Valley e quer competir nos Jogos Olímpicos de Londres em 2012. Não quando tem um menino sique chamado Manpreet que já participou de um show de TV e ganhou mil libras! Se bem que, falando dessa maneira, ele parece ser apenas um retardado que fez uma coisa idiota, tipo rodear o estádio de Wembley com fósforos. Até que eu não fiquei com tanta inveja dele.

O tal do Joshua Fallow é MUITO CHATO. Ele acha que "visitar a minha avó" não pode ser um dos meus interesses. Nem "cantar", se for só no banheiro. Ele acha que nada disso conta. Quem foi que morreu e disse que ele era rei?! Joshua Fallow acha que eu devia "levantar peso" nas horas vagas, porque, segundo ele, o meu pescoço deve ter músculos bem fortes para aguentar minhas argolas douradas e meu pingente ao mesmo tempo.

Eu falei que nas "horas vagas" ele devia ficar sentado em cima de uma lareira assustando as crianças para que elas não cheguem perto do fogo, porque a cara dele parece a bunda de um gato. Joshua riu durante anos quando eu falei isso. Ele é IRRITANTE.

DOMINGO, 14 DE SETEMBRO

Hoje a vovó veio fazer o jantar de domingo. Eu amo quando a vovó cozinha porque tudo fica gostoso, até coisas tipo brócolis. Tudo fica bem quentinho e a galinha fica crocante do lado de fora e suculenta por dentro, e o molho é a melhor coisa do mundo porque vovó faz tudo de um jeito meio complicado usando as tripas da galinha e um pó marrom. Ela não coloca só água na panela, que nem a mamãe faz. Se eu tivesse que morrer amanhã e pudesse pedir a minha última refeição, eu ia pedir as batatas assadas com molho da vovó. Sem pensar duas vezes.

A mamãe fica meio chateada se eu digo coisas desse tipo, então sempre tenho que falar que também gosto da panqueca, do espaguete e das salsichas que ela faz. Wesley veio jantar conosco porque a mãe dele está no clube do taco em Butlins Motown, então ele estava sozinho e ia comer miojo. Ele também ama as batatas assadas da vovó. Na verdade, Wesley ama a vovó; até a chama de "vó". Ela gosta muito disso. Ele devia estar muito faminto hoje, porque comeu tudo como se fosse um gorila do *Planeta dos Macacos*. Eu queria que ele comesse mais como uma pessoa e tentasse não ficar com a cara toda suja de creme de milho.

Depois do jantar, Wesley tentou me fazer ir à casa dele um pouquinho, já que a mãe dele só ia voltar no dia seguinte e nós teríamos um pouco de "privacidade". Eu sabia aonde ele estava tentando chegar, aí respondi que não podia porque precisava ler *Rei Lear*. Wesley fez uma careta, mas depois relaxou e disse que tudo bem.

Ele foi para a casa do Bezzie Kelleher. Bezzie estava saindo com Carrie há um ano e meio mais ou menos, mas eles se separaram porque o cara foi um idiota. Wesley disse que Bezzie gravou umas músicas e perguntou se ele queria voltar a cantar junto. Bezzie quer recomeçar o Detonadores de G-Mayes e fazer umas parcerias com outros grupos que eles conhecem, tipo os Garotos de Crowley Park e The Rinse e o Go Fraternity. Eu disse:

— Ah, legal, parece uma boa ideia. Bezzie é muito talentoso. — Fiz uma cara feliz para fingir que eu realmente acreditava nisso.

Comecei a ler *Rei Lear*. Pelo que vi, é sobre um rei velho que está exausto. Ele acha que vai morrer a qualquer momento, então suas filhas começam a pensar em mil maneiras de pegar a grana dele. É tipo o que aconteceu com o Bob da casa 47, que morreu de repente e às 11h da manhã o jardim da casa estava cheio de filhos brigando por causa de cada centavo e pelo anel de ouro do velho e pelos discos do Status Quo.

O dinheiro faz coisas terríveis com as pessoas. Essa é uma das vantagens de ser pobre.

SEGUNDA-FEIRA, 15 DE SETEMBRO

As aulas são bem difíceis no ensino médio. Estamos lendo *Rei Lear* na aula de inglês, mas a Srta. Bracket não está indo devagar, querendo que todo mundo pegue o ritmo aos poucos. Ela está nos obrigando a galopar. Nós lemos e depois encenamos umas partes e ela faz milhões de perguntas.

Carrie fica com a maior cara de desespero, dizendo que não entende nada. Manpreet disse que leu *Rei Lear* duas vezes quando tinha 11 anos de idade. BIZARRO.

Eu não acredito que Uma ainda esteja lá. Ela sentou comigo e com a Carrie hoje na aula de inglês. Lembrou de levar o livro e tudo o mais. Ela passou a aula toda com uma expressão assustada. No intervalo, Sonia Cathcart me disse que Uma só está fazendo UMA matéria, e que isso não é justo porque ela é "um dos projetinhos de caridade da Srta. Bracket".

Fiquei superirritada e disse para Sonia Cathcart que deveria falar isso na cara da Uma, se acha que está tão certa. Aí ela calou a boca. Não sei por que comecei a defender Uma, mas comecei. Acho que é porque tem um pessoal no colégio que se acha melhor do que os outros, e eu não gosto nada disso. Todo mundo tem que ter o pé no chão.

Aquele tal de Joshua Fallow não leu o *Rei Lear* porque disse que teve que ir ajudar a mãe a vender quadros no sábado no estande de arte que ela tem no Mercado Spitalfields. Não é só o Joshua que fica inventando moda, A MÃE DELE TAMBÉM.

— Bem, você teve o domingo todo, Joshua! — disse a Srta. Bracket, séria.

— Sim, e eu planejei isso — explicou Joshua. — Mas aí eu fui a um brunch com meus pais na Applebees, em Leytonstone, e quando voltei, meu pai começou a assistir a caixa de DVDs da quarta temporada da *Família Soprano* que, por incrível que pareça, continha várias paródias de Shakespeare, entende, porque fala sobre um líder envelhecendo e seus filhos tentando tomar o poder.

A Srta. Bracket sorriu e deixou pra lá. Joshua Fallow sempre se dá bem porque tem o dom de enrolar, e ele é bem bonito. Não do tipo "é, até que dá pro gasto", mas tipo "meu Deus, quem é esse menino"? Não que eu ache isso, mas as outras meninas acham.

23h — E o que é um BRUNCH???

TERÇA-FEIRA, 16 DE SETEMBRO

Um dos motivos pelos quais eu sinto pena da Uma é que, apesar de ela estar se esforçando para ser uma aluna normal e de estar tentando ignorar Sonia (Uma bem que poderia dar um golpe de caratê nela e acabar com as indiretas sobre como é difícil fazer QUATRO MATÉRIAS, que é quanto Sonia faz), no final das contas, não adianta nada. Quando o pessoal está começando a relaxar e a esquecer que Uma é uma Brunton-Fletcher, o IDIOTA DO CLINTON BRUNTON-FLETCHER começa a aparecer na porta da escola com aquela bicicleta minúscula vendendo maconha para o pessoal do nono ano. IMBECIL.

— Você não pode mandar ele parar? — disse Sonia Cathcart bem alto a Uma hoje no intervalo. Meu Deus, espero que o anjo da guarda dela esteja bem alerta porque ela vai levar uma porrada bem dada no dia em que Uma estiver com a pá virada e sentir que não tem nada a perder. Uma simplesmente abriu *Rei Lear* e fingiu estar lendo.

— Eu não tenho nada a ver com ele — respondeu, dando um suspiro de raiva.

SEXTA-FEIRA, 19 DE SETEMBRO

Clinton estava na escola novamente hoje. De bobeira, olhando para todos os cantos. Pedi a Wesley que fizesse papel de detetive e perguntasse ao Murphy se ele está comprando maconha do Clinton, porque, se estiver, vou ficar seriamente irritada. Eu não quero que ele fique como aqueles caras da minha antiga turma, todos fumando maconha, sentados no parque o dia inteiro, fumando, fumando, fumando. Eles acabam como Cotch ou Eric, aquele cara com quem eu tive que sair por causa da Carrie e que parecia ter problemas mentais. Ou como Luther, que fumou um bagulho tão forte que acabou engravidando Kezia Marshall e nem se lembra disso.

Segundo Wesley, Murphy falou que não compra maconha do Clinton, mas que um dos amigos dele, Delano, compra. Murphy contou que o irmão de 18 anos do Delano, Janelle, já descobriu e está furioso. Murphy disse que Janelle fica andando de capuz e que vai até a escola para matar Clinton.

Falei para Wesley:

— O que ele quis dizer com *matar* Clinton? — Wesley disse que não perguntou, porque estava tentando imitar o James Bond: calmo e sem pressionar muito. Eu tenho pena do nosso diretor, o Sr. Bamblebury. Ele acabou de aparecer no noticiário *Essex Tonight* na ITV1 falando sobre o "novo começo" da Mayflower.

QUARTA-FEIRA, 24 DE SETEMBRO

Eu até que estou gostando das aulas de história, mas não fico contando isso para todo mundo. Minha mãe só está me dando um descanso porque eu sempre faço cara de sofrimento quando falo sobre as aulas, como se todos os dias alguém estivesse me batendo. Enquanto eu odiar a escola, ela vai me obrigar a ir.

Hoje, nós aprendemos sobre Martinho Lutero, que era um cara do século XIV que criou a fé protestante quando escreveu uma mensagem ao papa dizendo uma coisa do tipo "e aí, cara, você é uma piada, meu querido. Essa fé cristã aí é passado". Então ele resolveu pregar isso em uma porta e, quando se deu conta, a zona já tinha começado e um grupo de rivais dos católicos, chamados protestantes, se formou. Eu gosto de história porque ela prova que uma coisinha pequena pode mudar o mundo para sempre. Tipo Tabitha Tennant inventando os lábios arcos de Cupido.

SEXTA-FEIRA, 26 DE SETEMBRO

11h — Eu não acredito no que aconteceu hoje. NÃO ACREDITO. Eu, Carrie, Sean, Joshua e Saf estamos todos na aula de estudos cinematográficos, sentados na sala de audiovisual no escuro assistindo a um filme chamado *Segredos e mentiras*. Isso pode até parecer uma coisa chata, mas, acredite em mim, não é, porque você tem que se concentrar muito para entender de que maneira o diretor está "criando tensão" e "construindo os personagens", e isso é BEM DIFERENTE do que ir ao Vue, onde todo mundo fica tacando pipoca e peidando e falando no telefone durante o filme.

Enfim. Estamos todos no escuro e completamente quietos — com exceção da Carrie, que está roncando — quando, de repente, vem um TÁ muito alto lá de fora. Tipo TÁÁÁÁÁ! Tipo um cano de descarga de carro explodindo, muito alto. Aí, uns segundos depois, muitos berros e gritos. Aí, portas batendo com força, muito barulho nos corredores, pés andando rápido e mais berros de desespero. Daí nos levantamos e corremos para a janela para olhar a rua que vai até o portão da escola. Tem milhões de alunos do oitavo e do nono anos lá fora, balançando os braços e com caras de medo e de nojo e, ao mesmo tempo, de animação, como se alguma coisa muito incrível tivesse acontecido.

Aí eu abro a janela e grito para Tariq, que é um dos amigos do Murphy:

— Tariq, o que aconteceu?

Aí ele berra:

— Clinton Brunton-Fletcher levou um tiro! Alguém deu um tiro nele, cara! Tá tá táááá! — Tariq balançou as mãos no ar imitando tiros com uma cara que misturava alegria e desprezo.

— Como assim? Cadê o Clinton? — perguntei.

Tariq respondeu:

— Sei lá, cara, ele sumiu! E quem deu o tiro nele também desapareceu!

Eu saí de perto da janela, gelada e enjoada. Naquele momento, o sinal do intervalo tocou e lá fora ficou um verdadeiro caos porque, de repente, tinham tipo uns mil alunos reunidos no portão principal contando para todo mundo a história do Clinton e do tiro. Uma estava no meio da confusão tentando falar no celular com uma cara de zangada. Aí a polícia chegou e também uns repórteres e um bando de pais e mais um monte de pessoas foram se amontoando. Todo mundo estava berrando com todo mundo e a Sra. Radowitz e a Srta. Bracket estavam tentando fazer com que os alunos voltassem para as salas. A essa altura, o pessoal já estava dizendo que COM CERTEZA tinham visto um carro e que viram Clinton coberto de sangue e que a arma não era pequena, não, era uma arma bem grande. Na verdade, era uma Mac-10 que só gângster usa, e o atirador estava em uma moto, não, em um Audi, não, em um jipe da Mercedes. E eram quatro. Não, cinco. Cinco atiradores de capuz dirigindo e atirando! Só que um dos atiradores tirou o capuz e um aluno do sexto ano disse que DEFINITIVAMENTE ERA JANELLE.

Tudo mentira. Ninguém tinha *visto* nada. Na verdade, as únicas pessoas que viram alguma coisa foram dois alunos do oitavo ano, Olivier e Mikey, e eles falaram que viram Clinton na bicicleta, aí ouviram o barulho, que provavelmente foi só o estouro de um carburador mesmo. Clinton berrou alguma coisa e depois saiu pedalando. Só que já era tarde demais e essa versão era SEM GRAÇA. Todo mundo quis acreditar na história dos tiros e fazer parte do drama, menos Uma, que desapareceu no meio do nada. Tinham meninas chorando e meninos cheios de marra dizendo que Clinton merecia levar uma surra e aí todo mundo começou a falar sobre gangues e armas. A Sky News já tinha chegado no local, aí a minha mãe me ligou e disse que a Mayflower estava na televisão ao vivo e que uma das chamadas que estava na tela dizia "TIROTEIO NA ACADEMIA DE ENCRENQUEIROS".

Mamãe disse para eu ir para casa imediatamente e eu respondi:

— Mãe, eu acho que não teve nenhum tiroteio!

Aí mamãe berrou:

— Bem, alguma coisa aconteceu! Está na televisão! Eu estou vendo a porcaria da sua escola agora! Tem um helicóptero da polícia sobrevoando a área! Venha para casa AGORA!

Aí eu falei:

— Mãe, eu acho que não é o helicóptero da polícia, acho que é da Sky News, filmando o que você está vendo. — Ela me mandou parar de ser espertinha e ir para casa antes que alguém atirasse na minha cabeça.

Mas eu não fui para casa. Eu e Carrie ficamos perto do pessoal da filmagem durante um tempo ouvindo os repórteres dando a notícia. Milhões de alunos estavam tentando aparecer por trás das câmeras e várias pessoas que não tinham NADA a ver com a Mayflower apareceram, como se fossem alguma autoridade naquele lugar, e isso estava me irritando muito. Fiquei escutando um cara que estava vestindo terno e gravata com um microfone na mão. Ele estava ao vivo na BBC e estava obviamente inventando um monte de mentiras, dizendo coisas do tipo...

"Bem, Julia, estou aqui do lado de fora da Academia Mayflower. Esta escola vem apresentando INÚMEROS PROBLEMAS há bastante tempo, e parece que fizeram algumas

POUCAS MELHORIAS, porque hoje o quadro é o mesmo de sempre: armas, gangues, violência, drogas e comportamento antissocial! Que exemplo ruim esta escola é para a juventude de hoje! Só para dar uma ideia da situação, esta escola foi eleita A PIOR DA GRÃ-BRETANHA, com os piores padrões de educação do país. Por causa disso, foi apelidada pela mídia de "Academia de encrenqueiros" — referindo-se aos alunos de baixas classes sociais, VIOLENTOS e fora de controle, que temos visto com tanta frequência na Inglaterra. Bem, esse apelido COM CERTEZA VEM A CALHAR HOJE, Julia, porque aqui estou no meio do palco do que tudo indica ter sido um tiroteio! Mais notícias a seguir. Eu sou Max Blackford, pela BBC News, de volta aos estúdios..."

Isso me irritou demais. Max Blackford nem mencionou que talvez não tenha acontecido nenhum tiroteio. E que, mesmo se tivesse, NÃO TERIA NADA A VER COM OS ALU-NOS DA MAYFLOWER, já que foi por causa de alguém que já saiu da escola há anos. Max não disse que tem alunos muito bons aqui. Não mencionou a patinação no gelo da Tonita ou o prêmio que Manpreet ganhou, nem quando o sétimo ano fez aquele dinossauro diplodoco todo de caixas de ovo para dar para as crianças no hospital, ou que um aluno do nono ano foi chamado para o esquadrão da juventude de West Ham na semana passada! Ou o fato de que vários alunos da Mayflower tiraram notas muito boas nos exames para o ensino médio, ou o fato de que NEM TODOS NÓS SOMOS ENCRENQUEIROS QUE GOSTAM DE FICAR DANDO TIRO NOS OUTROS, OK?????

Então quando o idiota do Max Bundaford perguntou para mim e para Carrie se queríamos aparecer ao vivo no noticiário das seis por 45 segundos e dar uma entrevista sobre "como é a vida de uma encrenqueira", decidi esperar até que as câmeras estivessem filmando e disse para ele exatamente o que eu achava. Pode procurar no YouTube — já deram upload no vídeo. A cara dele é muito engraçada.

SÁBADO, 27 DE SETEMBRO

9h — A Srta. Bracket me mandou uma mensagem no celular dizendo que o Sr. Bamblebury quer me ver em sua sala às 8h30 em ponto na segunda-feira para discutir os meus comentários sobre a Academia Mayflower.

Ai, meu Deus. Agora eu estou MUITO FERRADA.

OUTUBRO

QUARTA-FEIRA, PRIMEIRO DE OUTUBRO

Clinton Brunton-Fletcher não está morto, é OFICIAL. Mas também não está mais morando por aqui. Uma disse que ele "vai ficar fora por um tempo". Ela não disse em que cidade, mas acho que é em Portsmouth, onde o cara que ele chama de pai mora. Foi dito no jornal da noite que com certeza houve um disparo do lado de fora da Mayflower, mas provavelmente quem efetuou o disparo só atirou para o alto e saiu correndo. O *Essex Tonight* disse que a polícia está investigando a possibilidade de que estejam vendendo drogas nos portões da escola, o que poderia ter "despertado a disputa entre gangues".

Enfim... Fui encontrar o Sr. Bamblebury na segunda-feira. Enquanto eu estava sentada em uma cadeira dura que machucava a minha bunda, ele começou a me pressionar sobre Clinton, perguntando coisas tipo se ele estava vendendo drogas — era o que o Sr. Blamblebury estava escutando de vários pais que ligavam para encher o saco.

Eu respondi que não sabia de NADA, e falei isso bem alto porque a verdade nua e crua é que não sei de muita coisa mesmo. O que eu sei com certeza é que não sou dedo duro. E tipo, O QUE EU TENHO A VER com uma gangue de idiotas que resolvem vir à escola fingindo serem homens valentes?

O que eu tenho a ver com o fato de o Clinton querer vender maconha? Pela primeira vez na vida estava na sala do diretor por causa de uma coisa que não tinha NADA a ver comigo! Eu só queria ir para casa ler *Rei Lear*.

O Sr. Bamblebury disse que isso tudo tem a ver comigo porque eu posso AJUDAR. Ele falou que a Academia Mayflower está prestes a virar uma página e é importante que todos se concentrem em um caminho positivo.

Eu rebati:

— CARA, EU ESTOU NO CAMINHO POSITIVO, você não me viu na BBC News? Eu estava puxando o saco da escola, querido!

Aí o Sr. Bamblebury respondeu:

— Sim, Shiraz, obrigada, seus comentários foram muito espirituosos... apesar de não haver necessidade nenhuma de ter chamado Max Blackford de ignorante e imbecil.

— Hmmm, desculpas por isso — falei —, eu me empolguei um pouco.

O Sr. Bamblebury disse que os alunos do ensino médio exercem uma "influência considerável" sobre a escola e que precisamos "tirar vantagem" disso e "dar bons exemplos". Aí eu perguntei:

— O senhor poderia repetir, só que na minha língua? — Foi aí que a Srta. Bracket entrou na conversa e explicou que talvez os alunos do ensino médio pudessem bolar a campanha "Mais Paz". Eu poderia organizar uma palestra para os alunos do quinto ao nono ano para falar sobre os perigos de se envolver com gangues e armas, e convencê-los a entrar no ensino médio e "ser mais parecidos comigo".

SER MAIS PARECIDOS COMIGO?!

Fiquei olhando para os dois como se fossem débeis mentais. Respondi:

— Hã? Por que eu? Por que eu tenho que fazer isso? — Aí o Sr. Bamblebury disse que o que eu fazia melhor era falar "na linguagem dos alunos", passar uma mensagem. Ele disse que, na maioria das vezes, não consegue entender o que os alunos estão falando. Tipo, naquele mesmo dia, mais cedo, tinha escutado um aluno do quinto ano berrando que "Aquela tal de Bracket é o verme, lek", mas não sabia se devia brigar com o aluno porque não entendia o que "verme" e "lek" significavam.

Aí expliquei que "o verme" é uma coisa muito boa, quer dizer que uma coisa é irada. O Sr. Bamblebury ficou todo satisfeito. Aí ele contou que ouviu dizer que o pessoal do nono ano o estava chamando de "Sr. Bibabury" em vez de Bamblebury, e ele também não sabia se isso era bom ou ruim. Foi nesse momento que decidi participar da campanha "Mais Paz", porque, para ser honesta, fiquei com um pouco de pena do meu diretor.

SEXTA-FEIRA, 3 DE OUTUBRO — ANIVERSÁRIO DE SHIRAZ BAILEY WOOD!

Eu faço 17 anos hoje. Dezessete! Que velha! Achei que ia me sentir diferente aos 17, como se de repente ficasse mais madura e começasse a assistir *Emmerdale* na Sky, a gostar de brócolis e a fazer palavras cruzadas, mas nada disso aconteceu. Ter 17 anos é igual a ter 16.

Quando é que você começa a sentir que cresceu?, eu me pergunto. Quando é que você sente que as células do seu cérebro amadureceram e você sabe se está fazendo a coisa certa na vida e aonde está indo? Quando é que isso tudo acontece?

Eu perguntei isso à mamãe hoje de manhã e ela disse que descobriu que tinha crescido, no começo dos anos 1990. Cava-Sue tinha começado a escola, eu ainda engatinhava e o Murphy havia acabado de nascer. Minha avó tinha morrido e ela se viu responsável por todo mundo, e embora ainda se sentisse uma criança, na verdade não era mais. Ela olhou para um bolinho de arroz igual ao que a mãe dela fazia e se deu conta de que não sabia cozinhar e de que não tinha ninguém para lhe ensinar as coisas. Ela teve um ataque de pânico. O gerente da loja na qual ela trabalhava a levou para o escritório e lhe deu um pouco de chá.

— Enfim — disse mamãe, me dando um envelope —, não se preocupe com isso agora. Feliz aniversário. — Ela me deu um cartão em nome de toda a família com um vale presente de vinte libras da TK Maxx. Wesley apareceu à noite e me levou ao Pizza Hut.

Wesley é uma pessoa muito legal: ele comprou um bracelete de ouro da Elizabeth Duke na Argos. Ele meio que combina com o meu pingente, apesar de ser grande demais.

— Hmmm, mãe — perguntei quando ele foi embora —, você não acha que esta pulseira é muito chamativa? Dá para usar junto com o pingente e as argolas?

— Não seja modesta — respondeu mamãe —, ouro nunca é demais.

SEGUNDA-FEIRA, 6 DE OUTUBRO

Comecei a recrutar gente para fazer parte da campanha "Academia Mayflower: Mais Paz". Bem, quando digo recrutar quero dizer que fiquei em pé em cima de uma cadeira no pátio do prédio do ensino médio, berrei "Ei, galera, atenção!", e contei o que o Sr. Bamblebury queria. Todo mundo ficou olhando para mim com a mesma cara de "Você é idiota?" que eu tinha feito na semana passada.

Finalmente, Sean Burton — que estava passando o tempo da aula de pesquisa costurando uns retalhos cheios de glitter em uma jaqueta para ir ao show da Kylie Minogue — se levantou e disse:

— Shizza, você já viu como alguns alunos se comportam? Conhece um cara do nono ano chamado Meatman que tem uns dentes de ouro e uma tatuagem do Tupac Shakur no braço? Ele sempre grita "Morte aos viados!" toda vez que me vê! — Vários alunos concordaram com a cabeça, como se conhecessem o tal cara. — Sabe, Shiz — continuou Sean —, eu não me importo com a paz do Meatman. Na verdade, eu meio que espero que ele leve um tiro na cara.

— Obrigada, Sean, isso ajudou muito — falei (apesar de que, honestamente, eu entendi o lado dele). Comecei a entrar em pânico. Que diabos eu podia fazer? De repente, Joshua Fallow levantou e disse:

— OK, Shiraz Bailey Wood. Pode colocar o meu nome aí. Eu quero mais paz.

— Tá falando sério, Joshua? — perguntei.

— Tô, a ideia é boa. Nós temos que fazer alguma coisa... Eu ajudo você a organizar isso. É só falar o que quer que eu faça, e vou fazer.

Escrevi o nome dele e dei um sorrisinho porque, apesar de ele ser meio metido, ele salvou a minha vida. Joshua deu uma piscada e eu me senti meio estranha.

É claro que, no momento em que Joshua disse que ia ajudar, várias outras pessoas também quiseram se envolver, tipo Saf, Sean, Luther, Sonia e Carrie. Nós somos o "Ensino Médio Mayflower: Iniciativa Mais Paz".

Que droga — agora vamos ter mesmo que fazer isso.

QUARTA-FEIRA, 8 DE OUTUBRO

Estudar na minha casa é absolutamente impossível. IM-POSSÍVEL. Eu falei para o Murphy que ele não pode ficar escutando a droga do Dubstep no quarto enquanto estou lendo Shakespeare, mas ele simplesmente não entende. Eu odeio o Murphy às vezes.

No final das contas, acabei indo para a casa da Carrie, porque temos que ler a primeira parte de *Henrique IV* para amanhã. Ela não ajudou muito. Na verdade, ela me distraiu demais. Quando cheguei ao Lar dos Drapers, Carrie estava deitada na cama vendo a seção de beleza da *Grazia*.

Carrie disse que o foco da próxima temporada primavera/verão serão os olhos, e NÃO os lábios, como foi na temporada outono/inverno. Aí fiquei bem surpresa:

— Nossa senhora, Cazza! Você ama os lábios arcos de Cupido! O que você vai fazer?!

Carrie respondeu:

— Não tem problema, Shizzle. Em vez de pintar os lábios, vou começar a usar sombra nos olhos, que nem a Tabitha Tennant naquela premiação *TV Quick*.

Aí eu disse:

— Ahhhhh, essa maquiagem é o verme, Cazza, mas você acha que seria bom ler a parte um do *Henrique IV* agora?

— Hmmm... é. Mas antes disso, o que você acha do Saf? Será que ele vai gostar de mim se fizermos aquela campanha Mais Paz juntos? Cara, ele é muito gato!

Carrie só pegou no livro quando escutou o pai entrar berrando "Carrie? Voltei!". Barney entrou, viu Carrie fingindo que estudava e ficou todo feliz.

— Será que a futura dona da Hidratações Draper e sua melhor amiga gostariam de comer comida chinesa? Eu vou pedir para mim — disse ele.

— Ahh, obrigada, pai! — disse Carrie. — Eu e Shiz podemos comer o combo A? Mas peça que mudem a carne de porco por frango, e peça os biscoitos da sorte também... OBRIGADA, PAI, VOCÊ É O MELHOR!

Assim que ele fechou a porta, ela pegou a *Grazia* e continuou a ler um artigo chamado "Dicas de Hollywood para cílios divinos".

SEXTA-FEIRA, 10 DE OUTUBRO

Tivemos a nossa primeira reunião do Mais Paz hoje na sala de audiovisual. Eu estava bem nervosa porque NUNCA na vida tinha liderado nada. De repente, um bando de alunos do ensino médio estava esperando que eu tivesse um plano e fosse a responsável por tudo. AI, QUE MEDO.

Felizmente, Joshua Fallow apareceu todo confiante e tinha várias ideias organizadas em uma pasta onde estava escrito "MAIS PAZ". Ele tinha até entrado na internet e encontrado o vídeo de um garoto de Hackney chamado Wootbouy com o vídeo "Cara, pra mim vc morreu". Ele disse que aquela era uma iniciativa antiviolência, como a nossa.

O vídeo é sobre a facilidade de entrar em uma gangue e acabar colocando toda a sua família em perigo. O filme começa com uns meninos e meninas empolgados, vestidos para a *night*, rindo muito e zoando, como se fossem de uma gangue. De repente, as coisas começam a ficar sérias e saem tiros para todos os lados. Tudo termina de um jeito muito ruim: mães berrando ao lado de leitos de hospital e a polícia levando um garoto para a cadeia depois de uma matança por causa de um idiota que roubou um iPod. SINISTRO.

Nós vamos mostrar o vídeo para todo mundo do quinto ao nono ano, e aí vamos fazer uma encenação sobre como "fugir da violência" e gerar "mais paz". Para terminar, vamos fazer um pequeno discurso sobre como nós viemos parar no ensino médio da Mayflower e como é super-hiperlegal estar aqui.

Eu não sei se vou fazer o discurso porque tenho medo de que o meu rosto denuncie que acho o ensino médio difícil demais. Na verdade, é que nem a escola normal, só que dez vezes mais puxado — e com uma pitada a mais de estresse por conta de ter que achar um figurino casuint toda manhã.

Carrie deu um jeito de interpretar a namorada do Saf. Luther, Joshua e Sean vão fazer os papéis dos garotos da gangue que vão dar uma surra no Saf. Isso vai rolar no Burger King do Shopping Ilford depois de alguém fazer algum comentário sobre a mãe de alguém. A encenação lança uma pergunta: Saf deve responder ou apenas sair andando e ignorar os meninos, promovendo "mais paz"? Eu sou a diretora do esquete.

Acho que o problema é que o Luther não é lá muito assustador (ele é mais fofinho do que qualquer coisa... a maconha que ele fuma dá fome e ele é meio gorducho). Joshua fala que nem um mauricinho e Sean insiste em fazer o papel de gângster vestindo uma máscara do exército e uma jaqueta prateada com retalhos cheios de glitter com imagens da Kylie Minogue. Ai, que inferno.

A gangue do Luther é um desastre. A minha avó e Clement conseguiriam ser melhores.

A coisa toda seria uma piada caso eu não estivesse no comando. Nós vamos nos apresentar para o quinto ano na segunda-feira! Eu espero ser esmagada por um ônibus antes disso para não precisar ir.

SEGUNDA-FEIRA, 13 DE OUTUBRO

Hoje fizemos a nossa primeira apresentação do "Mais Paz" para o quinto ano.

Eu fiquei MORRENDO DE MEDO durante o fim de semana inteiro. Tanto que quando Wesley me levou ao Fat Freddy's Foodstop no parque de diversões de Romford no sábado à noite eu mal consegui comer as costelas de búfalo. Eu nem sorri quando as garçonetes começaram a fazer malabarismos e dançar entre as mesas, que é a coisa mais maneira no Fat Freddy's Foodstop (ou pelo menos é o que Wesley acha).

— Não é só um restaurante, é tipo como se fosse um show, né? — diz Wesley quando vamos lá. Para ser honesta, eu não gosto muito. Tenho pena do pessoal que trabalha lá. Pelo menos o Mario me deixa servir os ovos que eu frito de boca fechada. Não preciso cantar os versos ridículos de "Genie in a Bottle", da Cristina Aguilera, para receber gorjeta. Wesley ficou meio chateado quando eu falei isso para ele. Ele tem ficado chateado comigo muitas vezes ultimamente.

— Você nem estava vendo direito! — disse Wesley. — Você tem estado em outro planeta esses dias.

Esse comentário me deixou meio irritada. Eu tive vontade de berrar: "Cara, talvez se você tivesse ficado duas horas depois da aula vendo Sean Burton correndo para lá e para cá com um top neon, todo maquiado, segurando uma faca de cortar pão berrando 'Aaaaah, se ferrou, cara! Você morreu!' enquanto Saf rolava no chão de tanto rir, sem conseguir se fingir de morto, e Carrie pintando as unhas e lendo *Heat*, TALVEZ VOCÊ ESTIVESSE EM OUTRO PLANETA TAMBÉM!" Mas eu não falei isso, eu só encolhi os ombros e pedi desculpas.

Enfim... a apresentação foi Ok. Quero dizer, foi um pouco mais do que "Ok". O Sr. Bamblebury acha que foi um "grande sucesso". Basicamente, nós aparecemos no hall às 9h30 e os alunos chegaram logo depois e começaram a se sentar no chão com as pernas cruzadas, superanimados. Os alunos do quinto ano são pequenininhos e muito fofos. Eu não lembro de quando eu e Carrie éramos pequenas e fofas, mas provavelmente também fomos assim um dia.

Apagamos as luzes e ficou tudo escuro e quieto, exceto pelos sussurros e risadinhas. Aí colocamos o vídeo do Wootbouy. Eles assistiram a tudo quietos, sem falar nenhuma palavra com os colegas. Quando chegou na parte em que o vídeo fica meio violento, com sangue e pessoas morrendo e tudo o mais, olhei para a primeira fileira de alunos e umas menininhas estavam quase chorando e os meninos estavam bem assustados.

Aí nós acendemos as luzes de novo e fizemos nossa encenação. Todo mundo — Saf, Luther, Joshua, Sean e Carrie — se esforçou muito para não errar. Ninguém esqueceu as falas e nenhuma criança pareceu notar como o Sean é bichinha ou como o Joshua é todo mauricinho, tipo o príncipe Harry, ou como o Luther seria muito mais perigoso se simplesmente largasse a faca e se sentasse no colo das pessoas com aquela bunda enorme.

Aí Joshua se levantou e fez um pequeno discurso sobre como o ensino médio é legal, e todas as menininhas ficaram olhando para o rosto e os ombros largos dele de boca aberta, escutando cada palavra que ele dizia como se estivessem loucamente apaixonadas. Ele conseguiu fazer com que todos berrassem juntos "VAMOS TER MAIS PAZ!". Ele perguntou aos alunos se eles se meteriam com gangues e violência algum dia e todos gritaram, "NÃÃÃÃÃO". Ele perguntou se eles fariam o ensino médio e todos responderam: "SIIIIM!". Daí os alunos voltaram às suas salas e o Sr. Bamblebury ficou todo satisfeito. Ele disse que estava "flutuando de alegria por causa deste trabalho valioso". Eu fiquei meio feliz com isso.

Cheguei em casa mais tarde e fui assistir o *Essex Tonight*. Uma das notícias falava sobre um aluno que foi esfaqueado até a morte no ônibus 45 por quatro moleques hoje depois da escola. A polícia chamou o incidente de "rivalidade pósescola".

Fiquei sentada por um tempo fazendo carinho na Penny e pensando em como tudo neste mundo é bizarro. Acabei me sentindo um pouco triste porque, no final das contas, eu, Joshua, Carrie e o resto do pessoal provavelmente não ajudamos o mundo a ter mais paz.

QUARTA-FEIRA, 15 DE OUTUBRO

Fui ao bingo hoje à noite com a vovó e Clement. É engraçado ir aos lugares com eles porque eles são muito velhos e veem tudo de uma maneira diferente do que as pessoas jovens. Nunca se estressam com nada, tipo armas e facas e gangues e respeito ou as notas da escola ou como Lutero mudou a religião no século XIV ou se Shakespeare queria retratar Henrique IV como um lesado ou se ninguém deixou uma mensagem no Orkut ou que tipo de batom Tabitha Tennant está usando ou se os outros estão gordos ou magros ou que modelo de calça estão usando. Eles nunca pensam sobre coisas desse tipo. Deve ser muito legal ser velho.

Eles só pensam em bingo, boliche, palavras cruzadas e em tomar chá e rir muito.

— Não tem nada nesta vida que justifique um tiro — disse minha avó quando contei sobre a campanha "Mais Paz".

— Não, isso não é verdade — disse Clement com uma voz bem séria. — Eu atiraria em qualquer homem, bem no meio da testa, se ele me impedisse de comer o bolo que você faz. — Aí Clement deu uma piscada para vovó e os dois riram muito alto, que nem crianças. A vovó empurrou Clement por ele ter brincado com ela e ele a empurrou de volta, tipo que nem você faz quando gosta de alguém; só que eu tenho certeza de que não é o caso. Vovó ganhou cinquenta libras no bingo, aí colocaram o nome dela no telão e bateram palmas. Foi bem legal.

Isso tudo me ajudou a esquecer um pouco a apresentação de hoje para o sexto e o sétimo anos. Não me entenda mal: tudo correu bem, só que não foi o mesmo sucesso da apresentação para o quinto ano. Foi como se os alunos não estivessem escutando. Eles só estavam lá porque tinham que estar. E, quando Joshua quis fazer com que eles berrassem aquelas coisas no final, as crianças falaram meio que sem saco, e algumas nem falaram nada.

— Eu acho que vocês deram tantas ideias para reflexão que eles ficaram sem palavras! — disse o Sr. Bamblebury no final.

Hmmm. Tá.

SEXTA-FEIRA, 17 DE OUTUBRO

AI, MEU DEUS. Hoje foi muito humilhante. Meu rosto ainda fica vermelho só de escrever isso. Hoje, nós fizemos a apresentação do "Mais Paz" para o oitavo e o nono anos. Bem, na verdade, foi mais para os alunos do oitavo, porque quase ninguém do nono apareceu — seja porque estavam fazendo trabalho, ou simplesmente porque mataram o evento ou não sabiam o que estava acontecendo ou fingiram não saber ou não estavam nem aí. ÓTIMO.

Enfim. Eu, Carrie, Saf, Sean, Joshua, Nabila, Luther e todo o resto do grupo esperamos no corredor, aí os alunos do oitavo ano começaram a chegar, se amontoando aos poucos com os braços cruzados e umas caras fechadas, como se não quisessem nem um pouco estar ali. Umas meninas vestindo saias minúsculas chegaram berrando umas coisas e tentando nos desafiar e mexer no projetor, e uns caras perguntaram o que ia rolar "nesta merda", e riram quando nós explicamos. Eu fiquei muito passada e quis pular em cima dos caras, mas Joshua colocou uma das mãos em volta da minha cintura e me mandou ficar calma. Por algum motivo, eu obedeci. O meu coração ficou todo mole quando ele encostou em mim, mas provavelmente foi por causa do nervoso.

Aí Murphy entrou no salão com Tariq e uns outros garotos bem altos. Eu acenei para ele mas o merdinha fingiu que não me conhecia!!! Aí uns caras lá no fundo começaram a brigar e a Srta. Bracket teve que separá-los e mandar todo mundo FICAR CALMO com uma voz sinistra. Aí, bem... quando nós íamos começar, o Sr. Bamblebury entrou rapidamente com uns sete alunos enormes. Eles tinham caras assustadoras e bigodes e usavam capuz e boné de beisebol, sem uniforme. O Sr. Bamblebury berrou:

— Isso, vocês se sentam na frente! Vocês devem ouvir isso COM MUITA ATENÇÃO!

Eu rapidamente percebi que um deles era Meatman e o outro era Delano. Não sei quem eram os outros, mas todos pareciam bem marrentos. Eu tenho quase certeza de que eles não eram assim quando eram da turma do Murphy. Eram apenas uns menininhos chatos que usavam casacos grandes demais, mas que nunca OUSARIAM causar problema nenhum. O QUE ACONTECEU COM ELES? Quando foi que ficaram assim? Meatman sentou na primeira fileira, deu uma boa olhada em todos nós, jogou a cabeça para trás e soltou uma gargalhada. Aí ele cruzou os braços e olhou para o Sean e fingiu que estava tossindo, quando na verdade disse "Bicha". Aí ele sugou a saliva do meio dos dentes de ouro de uma forma bem dramática, como se estivesse em um show. Algumas pessoas riram e outras até bateram palmas.

Eu senti pena do Sean porque as mãos dele estavam tremendo. Eu fiquei muito irada. Que direito alguém tem de fazer com que outras pessoas se sintam daquele jeito? E mais: qual é o problema se o Sean é meio gay? Ele não está fazendo mal a ninguém. Não é ele que tem uma tatuagem horrível e uma boca tão suja quanto as panelas da minha avó. Eu quis gritar isso para Meatman porque ele não é nem homem direito, é só uma criança de 16 anos que cresceu demais e acha que é valente. Mas achei que se berrasse, a apresentação ia ser que nem aquela parte do *Hulk* quando o monstro começa a rodar as pessoas em cima da cabeça e fica berrando "Hulk bravo, Hulk bravo!".

Aí nós apagamos as luzes e colocamos o vídeo. No começo, os alunos ficaram conversando, mas calaram a boca quando os garotos do filme começam a mexer com drogas e a andar de carro bebendo champanhe e a ficar cheios de marra nas áreas VIPs de uma boate, tipo como se fossem de gangue. O Meatman e o Delano e o resto da plateia pareceram gostar disso. Eles estavam empolgados e fingiam atirar contra o telão.

Então o vídeo começou a mostrar a parte na qual os meninos levam tiros e são esfaqueados e os pais começam a se envolver. Os atores ficam chorando na delegacia e aparecem uns corpos naquelas camas de mortuário e a polícia leva gente presa. A coisa fica bem pesada.

Eu olhei para os alunos e vi que Meatman estava meio entediado. Ele pegou o celular para mandar uma mensagem e Delano começou a conversar com a menina que estava ao lado dele. Todo mundo meio que se distraiu, e até o idiota do meu irmão estava conversando com o Tariq.

Foi como se as cenas finais não estivessem entrando na cabeça deles. Eles simplesmente não estavam nem aí. Eles devem ver coisas desse tipo o dia todo na TV, então aquilo não era nada especial. Acendemos as luzes e a Srta. Bracket viu que estávamos meio frustrados, então ela entrou na apresentação e disse:

— E aí, alguém quer fazer algum comentário sobre o vídeo? — Todo mundo simplesmente fingiu que estava surdo e a ignorou.

Aí Meatman disse:

— Eu tenho um comentário, senhorita. Será que podemos assistir o início de novo? Porque a parte da gangue foi muito maneira antes de começar a palhaçada.

Aí Delano complementou, dizendo:

— Cara, aquele sangue todo precisava ser derramado mesmo.

Aí vários dos garotos na primeira fila riram alto e ficaram atirando com armas invisíveis berrando "Tá tá táááá!"

Nem vou descrever o que aconteceu durante a peça. Ainda é uma lembrança dolorida na minha mente. Só vou dizer que a imagem do Meatman correndo pelo salão atrás do Sean — que estava usando um bolero rosa com detalhes dourados — enquanto um grupo do oitavo ano berrava "Corra, bicha, corra, bichaaaaa!" vai ficar na minha memória para sempre.

SEGUNDA-FEIRA, 20 DE OUTUBRO

Meatman foi suspenso da Academia Mayflower por duas semanas.

Liguei para Sean hoje e contei isso. Ele estava na cama assistindo a primeira temporada em DVD de *Skins*, comendo besteira e querendo se matar.

Sean disse que nunca mais vai sair de casa, a não ser que tenha certeza de que não está exposto a ameaças. Aí respondi:

— Ah, vamos lá, Sean, eu serei a sua segurança. Não tenho medo do Meatman.

Ele riu um pouco e disse:

— Eu sei que você não tem medo dele, sua louca. É óbvio, princesa.

Sean falou que vai voltar para a escola em breve, mas não hoje, porque ele estava descolorindo o cabelo. Eu fiquei mais feliz quando ele disse que estava descolorindo o cabelo porque ninguém vai ficar uma hora fazendo isso só para se matar depois, né?

O Sr. Bamblebury e a Srta. Bracket disseram que não podemos desanimar só por causa da rebelião ao final de uma apresentação. Ele disse que "todas as grandes jornadas começam com pequenos passos".

— Bem, fale isso para Sean Burton, Sr. Bamblebury — disse eu —, porque ele deu muito mais do que pequenos passos. Na verdade, ele estava lá perto da Asda se escondendo atrás de uma lixeira quando eu o encontrei. — Joshua tossiu todo o refrigerante que estava bebendo quando eu falei isso.

O Sr. Bamblebury fingiu que não tinha escutado. Ele não consegue lidar comigo quando sou honesta, mas eu sempre sou honesta. Joshua falou que o meu nome no mundo rap podia ser MC Na Real.

QUARTA-FEIRA, 22 DE OUTUBRO

Carrie e Saf estão saindo! Eles estavam fazendo um trabalho de geografia ontem à noite e Saf perguntou à Carrie se ela queria ficar com ele. Ela disse que sim e eles deram um amasso bem rápido... e foi só isso, segundo ela. Mas os dois estão proibidos de entrar na biblioteca por uma semana e o bibliotecário colocou um cadeado na salinha de estudos.

Carrie e Saf estão bem assanhados. Eles ficam se embolando nos sofás, lambendo a orelha um do outro e se agarrando. Joshua Fallow disse que é tipo como se fosse uma luta de vale tudo da Liga Mundial. Ele é muito engraçado de vez em quando, mesmo sendo tão metido.

Comi meu macarrão com galinha fora da sala hoje por causa do assanhamento deles dois. Eu e Wesley nunca fizemos isso, nem mesmo quando saímos pela primeira vez. Nós somos tipo melhores amigos. Aquela agarração toda não é normal, é?

SEXTA-FEIRA, 24 DE OUTUBRO

Graças a Deus é sexta-feira. Esta semana foi punk. Eu tive trabalho de inglês para fazer e filmes para assistir e livros de história para ler e mais paz para promover e Sean Burton para proteger e a minha cabeça está a maior confusão. Eu não sei como é que vou enfiar tanta coisa em um cérebro só.

Wesley sabe que estou estressada para caramba, então ele disse que ia me levar ao happy hour do Pizza Junction em Romford, aquele lugar onde você se senta em uma cabine que imita um carro de corrida e tem um bando de faróis e uma buzina toca quando o seu pedido está pronto. É bem engraçado, mesmo que de vez em quando eu fique com enxaqueca por conta de tantas luzes e barulhos.

Eu e Wesley dividimos uma pizza Sloppy Joe e uma torta de chocolate, aí ele ficou falando sobre como um tal de Wazzle do curso inundou um banheiro no Epping Forest enquanto uma mulher estava lá dentro. Eu estava tentando contar sobre as aulas de história, que estão sendo sobre os arquitetos do renascimento e como eles construíam igrejas gigantescas no século XIV para que as pessoas sentissem que estavam realmente na presença de Deus, mas Wesley não se ligou no que eu estava dizendo, então meio que desisti.

No caminho de volta para casa, Wesley disse que tinha uma coisa para me mostrar e eu pensei "Ih, lá vai, é alguma coisa na vitrine da Halfords". Mas não era isso, era uma coisa muito maior.

Nós dirigimos de volta à Estrada Thundersley pelo caminho que passa no Parque Industrial Bispo Fledding, onde eu tive uma experiência numa fábrica uma vez. Lá atrás do distrito tem um local em construção com uma placa enorme que diz "Casas luxuosas disponíveis em breve".

Wesley parou o carro e colocou um hip hop. Eu fiquei ali sentada ouvindo a letra de "Ainda mato você", do Mazzio, e a minha mente começou a pensar sobre o Meatman e os alunos do oitavo ano.

— Hmmm, Wesley... você não acha que essa coisa de gangues e rap é meio ruim para a sociedade? — perguntei. Mas Wesley simplesmente olhou para mim com uma cara engraçada e disse:

— Mas nós não moramos nos Estados Unidos, Shiraz, não é? Não tem nada disso em Essex. — Eu calei a boca e nem perguntei o que ele queria me mostrar.

— Dê uma olhada naqueles apartamentos que estão construindo — ele falou. — Eu acho que eles são bem maneiros.

Olhei para os apartamentos e disse:

— Bem, é, eles vão ficar maneiros quando estiverem prontos. Por quê? O que tem de especial neles?

Wesley respondeu:

— Então... se você pensar bem, eles ficam exatamente no meio do caminho entre a casa da minha mãe e a casa da sua mãe, né?

— Acho que sim — respondi.

— Pois é — disse Wesley —, o negócio é o seguinte, Shizza. Você lembra que quando o meu pai morreu ele deixou um pouquinho de dinheiro, né? Só um pouquinho. Aí, a minha avó colocou o dinheiro em uma conta no banco para mim, e ela tem depositado uma coisinha aqui e ali há uns 18 anos... dinheiro do bingo, de quando sobra, dos meus aniversários... Conclusão: tem alguns milhares de libras agora, e acho que se eu conseguir um emprego assim que terminar o curso, vou poder fazer um empréstimo para comprar um desses apartamentos.

Olhei para o canteiro de obras, que estava cheio de betoneiras e materiais de construção.

— Você quer morar em um daqueles apartamentos? — perguntei.

— Bem, não só eu — disse ele. — Eu e você, entende? Você viria morar comigo, não viria? Para me ajudar a pagar o empréstimo? Daqui a alguns anos quando você terminar esse negócio de escola e arrumar um emprego em Ilford...

— Eu? Morar com você? — gaguejei.

— É — disse ele. — Eu quero ficar com você para sempre.

Eu não soube o que dizer. Nunca pensei seriamente em sair da Estrada Thundersley, e se algum dia eu pensei não foi para me mudar para um apartamento a cinco minutos dali.

A questão é que eu nunca pensei de verdade, NUNCA, sobre o que vou fazer da minha vida. Eu só cheguei até o ensino médio. Não pensei em mais nada para os próximos setenta anos!!!

— Você quer que eu more com você em um apartamento em Goodmayes? Para sempre? — perguntei novamente.

— Bem, não agora, mas algum dia em um futuro próximo. Eu amo você, Shiraz.

Olhei para ele durante um tempo e ele pegou uma das minhas mãos e a apertou com força.

—Também amo você, Wesley — respondi com sinceridade.

Mas nem tanta.

NOVEMBRO

TERÇA-FEIRA, 4 DE NOVEMBRO

É estranho, mas, desde aquela noite no mês passado, Wesley nunca mais falou sobre o condomínio no Parque Industrial Bispo Fledding. Nem eu.

É como se ele achasse que nós fizemos um tipo de pacto secreto para morarmos juntos — o que não aconteceu porque eu não falei que sim. Tudo o que eu disse foi "Hmmmmm, não sei, Wes. Temos que pensar". Aí eu o fiz me levar para casa logo porque mamãe precisava do superdesentupidor para tirar cabelo do cano da pia do segundo andar.

Eu não menti. Nós temos MESMO que pensar. E, pode crer, a última coisa que Shiraz Bailey Wood quer agora é mais um problema para resolver, porque o cérebro dela está CHEIO de outras coisas, tipo como matar a aula de pensamento crítico.

MEU DEUS, o curso todo é um saco. Basicamente, você recebe uma pergunta muito fácil, do tipo "Pedófilos deviam ir para a cadeia?" — que é uma pergunta para gente burra, porque a resposta é "SIM, E RÁPIDO" —, só que ela deve inspirar um "debate sobre a moral e a ética". De repente, a coisa deixa de ser tão fácil e, antes de se dar conta, você se vê quase defendendo os pedófilos e todo mundo na sala briga e, quando o sinal toca, você está com dor de garganta de tanto berrar, dor nos olhos e tem muito dever de casa para fazer para a manhã seguinte. É MARAVILHOSO.

Hoje conversamos sobre carros e poluição. Joshua Fallow começou a dizer que todos os carros deviam custar duas vezes mais por causa do congestionamento que causam. Saf e Manpreet mandaram ele calar a boca e deixar de ser tão certinho. Aí Joshua foi além e disse que ele baniria todos os carros com rodas modificadas e todos os Chevettes com som alto para que os motoristas não tivessem mais como pagar tanto mico. Todo mundo começou a rir e eu senti minhas bochechas ficando vermelhas, porque Wesley tem rodas modificadas no carro dele. Elas são meio feias mesmo, mas eu nunca diria isso a ele.

Aí Joshua disse que, quando for primeiro-ministro, ele vai instituir penas bem duras para as pessoas que vão às reuniões de carros em Dagenham com os seus Golfs tunados e suas namoradas idiotas que ficam com a bunda para cima tentando aparecer na revista *Max Power*. A turma toda estava rindo muito, e eu também, porque a ex do Wesley, a vaca da Dee Dee, costumava ir aos encontros em Dagenham parecendo uma puta com aqueles peitões de fora.

Joshua Fallow é muito engraçado de vez em quando. Se ele dissesse que queria morar comigo em um apartamento lá no bairro industrial, eu provavelmente diria que sim. Ele não é apenas um rostinho bonito... conversar com ele também é muito legal.

22h — Ai. Eu não acredito que escrevi isso. Viu, é isso que as aulas de pensamento crítico fazem. ELAS FAZEM COM QUE O SEU CÉREBRO SURTE.

QUARTA-FEIRA, 5 DE NOVEMBRO

DROGA DROGA DROGA. Eu acho que eu e Wesley tivemos a nossa primeira briga de verdade. Nós normalmente não discutimos porque somos muito amigos, mas hoje à noite foi diferente.

Então... Ok, deve ter sido culpa minha porque eu estou muito estressada com os deveres de casa. Eu estava no quarto tentando escrever um ensaio sobre um gorducho bêbado chamado Falstaff da peça *Henrique VI*, quando escutei a nossa cadela latindo muito lá embaixo. Aí o Murphy berrou:

— Ei, Wes, quer jogar Killerquest?

Minha mãe começou a forçar Wesley a comer um sanduíche de carne que ela tinha comprado na Somerfield e Cava-Sue começou a falar sobre métodos de criação de vacas. Basicamente, ficou uma barulheira infernal, COMO SEMPRE.

Aí eu desci e disse:

— Wesley, o que você está fazendo aqui? Eu estou estudando.

Aí ele respondeu:

— É, você disse que ia estudar hoje!

— Não — respondi —, eu disse que ia estudar a noite toda. Estou fazendo dever de casa! Dever de casa é IMPORTAN-TE! — Wesley revirou os olhos e deu um suspiro como se eu estivesse sendo meio durona, aí fui para a cozinha e ele veio atrás, tentando fazer carinho em mim. Eu o afastei e disse:

— Você quer que eu tire notas baixas nas provas, não é?

— Isso FOI meio malvado, admito.

— É claro que não! — disse Wesley. — Eu estava passando por aqui aí resolvi aparecer.

— NÃO APAREÇA DO NADA quando eu tiver dever de casa para fazer! — Wesley ficou bem chateado, pegou as chaves do carro e saiu porta afora. Ele foi embora bem rápido.

— Parabéns, Shiraz — berrou minha mãe. — Continue assim! Espante o menino! Você não vai conseguir outro que nem ele! Você vai acabar como a Tia Annie, vai mesmo! Ela sempre dispensou os homens porque queria ser independente! Onde está ela agora? Morando sozinha em Hastings com três gatos e os ovários podres!

Passei depressa pela sala e subi as escadas. Coloquei o cobertor sobre a cabeça e fiquei pensando.

Não vou pedir desculpas. As mulheres da família Wood NUNCA pedem desculpas.

SÁBADO, 8 DE NOVEMBRO

Eu e Wesley ainda não estamos nos falando. Sei que logo voltaremos a nos falar porque não sinto como se tivéssemos terminado e tal. Estamos apenas dando um tempo porque ele me irritou.

Eu estava lendo a *Marie Claire* da Cava-Sue no banheiro e lá dizia que "todos precisam de espaço em seus relacionamentos de vez em quando", o que acho que está totalmente certo. Eu preciso de espaço, e muito. Esta casa está me enlouquecendo.

Cheguei do Sr. Gema hoje à noite e a Tia Glo abriu a porta da frente quando eu ainda estava no meio do jardim.

— Ei, Shiraz! Hoje você vai se divertir! — gritou ela. — Eu trouxe o meu caraoquê e o novo CD "Cante Conosco — Sucessos da Motown"! Você quer que eu compre alguma coisa para você? Uma bebida ou algo do tipo?

— Não, não precisa — disse eu, com um sorriso falso. Entrei na sala e minha mãe estava esquentando as cordas vocais para cantar "Love Really Hurts Without You". Meu pai estava na cadeira comendo galinha ao curry com batatas. Quase todo sábado ele pega uma quentinha lá no Clube Goodmayes antes de vir para casa. Ele tinha derramado molho na camiseta e parecia um mendigo.

— Uhu, e aí, meu amor! — berrou mamãe ao microfone. — Olhe o que a Tia Glo nos trouxe!

— Que ótimo — respondi.

A propósito, a Tia Glo não é minha tia de verdade, é só uma amiga da mamãe. Elas trabalharam juntas quando a mamãe era faxineira. Eu estava descrevendo Glo outro dia para o Joshua e ele disse que tem umas pessoas agregadas na família dele também. Tipo um cara chamado Tio Zac que trabalhou no jornal *The Guardian*. Não é tio dele, é só alguém que seu pai conheceu no clube de remo durante a universidade.

Calei a boca porque não queria contar ao Josh sobre como minha mãe e Glo se conheceram.

Mas enfim... Lá estou eu em pé assistindo mamãe assassinar "Ain't no Mountain High Enough" e pensando "EU TENHO TANTA COISA PARA ESTUDAR HOJE", quando de repente o meu celular vibrou dentro do bolso.

Era uma mensagem. Uma mensagem da Uma Brunton-Fletcher.

JAH FEZ O TRAB DO SPEARE?

Olhei para a mensagem por um tempo. Aí respondi:

INDA N. TALVEZ HJ.

Meu celular apitou novamente.

QUER ESTUDAR AKI?

Se eu quero estudar com Uma Brunton-Fletcher?

Olhei para a boca da minha mãe abrindo e fechando.

OK. CHEGO EM 30 MIN, digitei.

Ir para a casa da Uma carregando *Obras Completas de Shakespeare* embaixo do braço foi muito entranho. Senti um pouco de vergonha, para falar a verdade, porque eu quase não tenho conversado com ela ultimamente. Tenho tratado ela meio que nem todo mundo trata. Tipo, não sei o que ela está fazendo lá. Estou me sentindo mal com isso agora. Nem a convidei para fazer parte da campanha "Mais Paz", o que foi idiota da minha parte, porque se tem alguém que conhece alguma coisa sobre jovens marginais e violência e se deixar levar, esse alguém é Uma.

Bati na porta e esperei um pouco, ao lado da geladeira abandonada e do carrinho de supermercado. Enquanto Uma abria as seis trancas da porta, pensei, "Legal, isso é tudo o que eu precisava. Eu já estou confusa o suficiente com Shakespeare, e agora ainda vou passar o sábado à noite explicando o cara para uma das maiores encrenqueiras de Goodmayes." Não tinha nada a ver, eu sei, mas eu estava de mau humor.

— E aí — disse Uma.

— E aí — respondi, entrando.

A casa estava bem silenciosa. Sem música, sem família, sem nada. Ninguém vive ali, exceto ela e Zeus. Estava tudo limpo e arrumado. A cozinha estava um brilho, bem diferente de quando o padrasto dela vendia maconha. Eu me sentei no sofá e curti o silêncio profundo por um instante. Uma se sentou na poltrona, pegou um laptop e o colocou sobre os joelhos.

— Só um minuto, Shiz, estou jogando pôquer. Já ganhei trezentas libras hoje — disse ela olhando para a tela.

— Você tem internet WiFi?! — estranhei, tentando não parecer tão chocada.

— Os vizinhos tem — disse Uma —, mas eles não colocaram senha de acesso.

Eu gargalhei. Algumas coisas nunca mudam.

— Peraí — falei. — Este não é um dos laptops que foram roubados ano passado na escola?!

Uma hesitou.

— Ah, cale a boca — resmungou ela. — Foi o meu presente de Natal do Clinton.

Eu tirei meus tênis, me encolhi no sofá e comecei a ler o livro. Zeus ficou deitado, encostado nas minhas pernas. Uma terminou de jogar e fez uma bebida para nós duas. Depois, ela começou a consultar sites na internet que tinham provas anteriores do ensino médio, "só para ajudar um pouquinho".

— Onde está Carrie? — disse Uma mexendo no pingente de palhaço e acendendo um cigarro Embassy Red.

— Com Saf, eu acho. Ela está apaixonadinha — respondi.

— Aquele Saf é bem gato, né — disse Uma suspirando.

— É. Ela tem sorte.

Uma pensou um pouco.

— Aquele Joshua é bem gatinho também, né? — disse ela.

— Hmmm... nunca reparei — falei. Mentirosa.

Uma deu um sorrisinho e disse:

— Eu acho que ele está a fim de você, cara.

— Que nada. Não mesmo — discordei, mas meu estômago revirou.

Uma ficou olhando para a tela, depois falou:

— Carrie Draper é muito abençoada mesmo, não é? Ela tem muita sorte de ter aquele pai rico e tal, né? Ela vai ter tudo que é dele um dia, se quiser.

Eu gargalhei. Uma tinha razão.

— Não sei se ela vai querer, não — falei.

— É — ela respondeu, batendo o cigarro no copo e expelindo fumaça pelo nariz. — Ela é tipo o príncipe Hal do *Henrique IV*, não é? Sabe, quando o pai do Hal está enchendo o saco para ele concordar com tudo? A peça toda é sobre isso, não é? Sobre você ter tudo ali, na sua frente, mas não se contentar mesmo assim.

Eu olhei para Uma e comecei a rir de novo.

— É, é um pouco sobre isso, é verdade — respondi.

Nós vamos estudar juntas no fim da semana que vem.

QUARTA-FEIRA, 12 DE NOVEMBRO

Se você me perguntar "Shiz, você sentiu falta do Wesley Barrington Bains II quando vocês deram um tempo?", eu ficaria confusa e não saberia o que dizer.

Porque, por um lado, não senti falta do Wesley me distraindo e tentando me fazer ir para a casa dele para termos um pouco de "privacidade" quando a mãe dele sai. Ou de quando ele não entende as coisas que eu falo sobre a escola. Mas, por outro lado, senti muita falta dele. Eu sei tudo sobre Wesley, e ele sabe tudo sobre mim também. Quando ele não aparece, é como se uma pessoa da família tivesse ido embora. É por isso que nós temos trocado umas mensagens. Só para falar besteira e tal.

Cheguei em casa da escola hoje e minha mãe estava superfeliz. Ela pausou o programa que estava assistindo e disse:

— Tem uma pessoa esperando por você lá em cima!!!

— É o Wesley Barrington Bains II? — perguntei.

— Vá lá e veja — disse ela.

Fui até o meu quarto e NÃO ACREDITEI no que vi.

Em cima da minha microcama estava um urso de pelúcia enorme. Muito grande. ABSOLUTAMENTE GIGANTE!!! Daquele tipo que as lojas de presente expõem nas vitrines com um aviso ao lado pedindo que as crianças não subam nele.

É marrom e macio e tem uma camiseta vermelha que diz EU AMO VOCÊ, BABY em letras brancas bem grandes. Eu não acreditei naquilo. Tentei colocá-lo no chão, mas ele era muito pesado e não tinha espaço.

Aí eu liguei para o Wesley e disse:

— Wesley, você é doido ou alguma coisa do tipo?

Ele gargalhou e respondeu:

— É, talvez você me deixe meio doido mesmo.

— Por que você trouxe esse urso para o meu quarto? — perguntei.

— Porque não quero que a gente fique se desentendendo, tá? Eu amo você, Shiraz Bailey Wood. — O meu lábio tremeu um pouco quando ele disse isso.

— Eu também amo você — respondi.

Então nós decidimos parar de brigar. E concordamos que talvez o problema seja que ele se sente meio deixado de lado agora que entrei no ensino médio e tenho um bando de amigos novos.

— Talvez seja melhor você me deixar participar mais — disse Wesley.

— Pode ser — respondi.

Eu o convidei para um quiz que vamos fazer na escola esta sexta para arrecadar dinheiro para a campanha "Mais Paz". Estamos juntando dinheiro para tentar comprar um sampler e uma mesa de mixagem para a sala de música da Mayflower.

Joshua Fallow acha que isso vai ajudar os moleques da escola a se distraírem e não ficarem por aí roubando celulares e tênis. Nós achamos uma boa ideia.

Tipo, na pior das hipóteses, se Meatman esfaquear alguém na escola, pelo menos depois ele vai poder gravar uma música irada sobre isso.

SEXTA-FEIRA, 14 DE NOVEMBRO

O quiz foi um sucesso! Nós arrecadamos trezentas libras! Uma Brunton-Fletcher se ofereceu para tentar transformar a quantia em duas mil libras em uma noite de pôquer, mas nós achamos que seria melhor se Joshua colocasse a grana na conta bancária que ele abriu semana passada para o "Mais Paz" da Mayflower.

Hoje foi muito legal porque vários alunos do ensino médio apareceram. Algumas pessoas levaram o pai e a mãe ou os avós. Alguns levaram namoradas e namorados, que nós não conhecíamos. Outras pessoas levaram amigos de outras escolas e foi uma mistureba só e todo mundo se divertiu muito. Quer dizer, acho que todo mundo se divertiu... não tenho certeza quanto ao Wesley. Ele não riu muito.

Nós colocamos Manpreet para fazer as perguntas porque ele tem síndrome de Asperger, então pelo menos nós sabíamos que a coisa ia ser feita da maneira certa. Nós nos dividimos em times. Eu, Carrie, Saf, Wesley e Joshua ficamos em um grupo chamado "Os Merkles". Nabila Chaalan, Sonia Cathcart e Danny Braffman, que é um judeu ortodoxo, formaram um grupo chamado "Santíssima Trindade". Sean e os amigos de *night* dele e Sean-Paul formaram o "Marias Escandalosas". Acho que Wesley não acreditou quando deram esse nome, porque ele ficou chocado. Mas você tem que se acostumar com coisas desse tipo na escola. Somos todos indivíduos, temos que viver e deixar que os outros vivam.

— Então você é o famoso Wesley Barrington Bains II? — perguntou Joshua ao Wesley assim que nos sentamos.

— Hmm, é. Sou eu sim — disse Wesley.

— Eu sou Joshua Fallow — respondeu Josh. — Já ouvi falar muito sobre você.

Wesley deu uma olhada meio engraçada para Joshua. Ele provavelmente não sabia se Joshua estava zoando ou falando sério

Para ser sincera, nem eu sei. E a verdade é que eu não falo muito sobre Wesley na escola, certamente não quando Joshua está por perto, então ele podia mesmo estar sendo sarcástico.

— Então... qual o assunto de hoje, Wesley? — perguntou Joshua.

— Como assim? — disse Wesley.

— Do que você gosta?

— Hmmm... bem, eu gosto de carros. Carros tunados. Encontros de carros. Esse tipo de coisa — respondeu Wesley.

— Encontros de carros? — repetiu Joshua. Não dava para saber quem estava zoando quem agora.

Eu olhei para os dois. Joshua, com o rosto bem delineado, casaco da Box Fresh, cabelo desarrumado, e calça com estampa de exército caindo na cintura. Wesley, casaco da Nike, tênis Reebok e boné de beisebol Von Dutch. Eles pareciam ser de dois planetas diferentes.

— É, Josh — interveio Carrie —, encontros de carros! Você tem que ver o carro do Wesley! É supermodificado. Tem volante que brilha e tudo o mais, não é? Nós costumávamos ir ao encontro em Dagenham, não é, Wes, quando eu saía com o Bezzie?

O rosto do Joshua ficou estático. Ele nem sorriu. Mas o *meu* rosto estava queimando. Por um segundo, me senti uma idiota, sentada ali com aquele pingente enorme e pulseiras douradas, com o meu namorado que vai a encontros de carros. Mas aí eu me concentrei e pensei: "Não, esta sou eu! Estou sendo eu de verdade!"

Wesley me levou de carro para casa depois. Eu perguntei se ele tinha se divertido e ele disse que foi tudo bem, mas que se sentia meio estranho porque Os Merkles tinham ganhado mas ele não tinha respondido nenhuma pergunta. Wes disse que achou o pessoal legal, mesmo que alguns fossem meio metidos. Eu perguntei quem e ele disse "aquele Joshua". Ele falou que Joshua era legalzinho, mas que é um desses moleques riquinhos que acham que sabem tudo. Wesley disse que não suporta esse tipo de gente.

— É — respondi. — Nem eu.

QUARTA-FEIRA, 19 DE NOVEMBRO

Ter 17 anos está sendo bem chatinho. Achei que estaria mais perto de saber o que quero da vida, mas, pelo contrário, fico mais confusa a cada dia que passa.

Eu estava sentada na biblioteca hoje fingindo ler sobre a Era de Ouro de Ferdinand e Isabella da Espanha. Na verdade, eu estava escutando umas músicas antigas do Wu Tang Clan no meu celular, rabiscando um desenho (que eu acho que pode ser um gato com uma tiara) e olhando pela janela. De repente, um bando de bolsas e cadernos aparecem na mesa. Eu olho para cima e lá estão Saf, Josh e Carrie, todos em volta de mim.

— Estudando, como sempre — disse Joshua olhando o meu gato, que, por alguma razão, tinha brincos e um dente de ouro. Acho que se algum especialista analisasse aquilo, ia concluir que sou louca.

— Ah, pare de pentelhar a menina — disse Carrie. — Ela estuda muito mais do que todos nós.

— Obrigada, Carrie — disse eu. Não sei se ela escutou porque ela foi logo enfiando a língua no meio da garganta do Saf. Como se não bastasse, ela estava apertando a bunda dele ao mesmo tempo.

— Ah, vão se agarrar escondidos! — reclamou Joshua. — Olhar para vocês é como ver aqueles programas que mostram animais selvagens sendo alimentados.

O casal resolveu ir dar uma olhada em uns livros.

Joshua se sentou na minha frente e me encarou.

— O Sr. Bamblebury comprou uma mesa de mixagem de 12 canais para a sala de música com o dinheiro do nosso quiz — contou ele.

— Caraca! Que bom — exclamei. Joshua fez que sim com a cabeça bem devagar.

— Nós podemos arrecadar mais dinheiro para comprar microfones e essas coisas — disse ele.

— É — respondi. Parei para pensar um pouco. — Cara — continuei —, você realmente se importa com esse negócio de "Mais Paz", não é?

Joshua olhou para mim. Depois, caiu na gargalhada.

— Não. Honestamente, estou cagando — disse ele.

— Então por que você está fazendo tudo isso? — perguntei.

Ele me olhou como se eu fosse meio lenta.

— Shiraz, você tem alguma ideia de como essa coisa de caridade conta pontos para entrar em uma universidade? Arrecadar dinheiro, ajudar a comunidade. Não me diga que você não pensou nisso

As minhas bochechas estavam quentes.

— Não, eu não sabia disso. Nunca pensei em entrar em uma universidade. Acho que nem vou para a universidade.

— O quê? — disse ele, apertando os olhos. — Por que você não está pensando nisso? Você DEVIA ir para a universidade. Por que não iria?

— Ah, sei lá — respondi. — Eu nunca imaginei isso. Ninguém na minha família fez faculdade. Sei lá por quê.

Joshua pensou um pouco, ruminando a informação.

— Cara, isso é muito ruim — comentou. — O que você vai fazer então? Ficar em Goodmayes? Vai se casar com aquele Wesley que tem um carro tunado e um anel de rei?

Fiquei chateada quando Joshua disse aquilo. Eu queria que o Wes não tivesse usado aquele anel na noite do quiz.

Minha expressão deve ter revelado que eu estava meio triste, porque Joshua parou de forçar a barra.

— Olhe, eu não quero ser chato, Shiraz — disse ele. — Só estou falando que você é inteligente. Muito inteligente. E engraçada. E muito divertida.

— Obrigada — agradeci.

— E bonita. E sexy. Com um belo par de seios.

— Joshua! — disse eu.

— Foi mal, foi mal. O meu remedinho ainda não fez efeito hoje — disse ele. — A minha boca está fora de controle.

Não falei nada. Só olhei para ele e senti uma coisa estranha e quente dentro da barriga, de uma maneira que eu nunca sinto perto do Wes.

— Enfim — disse ele. — A Srta. Bracket já falou para você sobre a viagem da turma no Natal?

—Não! — respondi.

—Nós vamos assistir *Rei Lear* no Globe Theatre em Londres.

O meu coração bateu forte quando ele disse aquilo. Eu amo Londres. Desde que eu e Wesley fomos a Londres sozinhos de carro no ano passado, eu sinto como se ainda estivesse lá, mesmo a tantos quilômetros de distância.

—E aí... — disse Joshua —, esta é a parte não oficial, da qual a Srta. Bracket não sabe. Nós vamos a uma boate depois!

—Não brinca! Depois da peça? — perguntei.

—Isso — disse ele. — Já estou dando um jeito.

O sinal para a próxima aula começou a tocar e nós pegamos as nossas coisas.

—E espero que você vá, Shiraz Bailey Wood, porque vai ser Natal e nós vamos festejar. E vai ser maneiro. E além disso... quero meu beijo de Natal.

E, com essas palavras, ele saiu andando e me deixou mais confusa em relação à vida do que NUNCA.

DEZEMBRO

SEGUNDA-FEIRA, PRIMEIRO DE DEZEMBRO

Meu Deus. Eu fico tendo uns sonhos ruins com o Joshua Fallow depois que ele falou aquilo sobre os meus seios. Ele provavelmente não falou sério, porque ele é um galinha que fica flertando com todo mundo.

Ontem à noite, por exemplo, sonhei que Joshua estava andando a cavalo só de cueca no Shopping Ilford, aí ele me leva para a frente da TopShop e desce do cavalo e o corpo dele é lindo e aí ele morde o meu pescoço que nem um vampiro e nós rolamos juntos por cima do jardim fazendo o que a minha avó chamaria de "carinho violento".

Acordei com a respiração estranha, um sorriso no rosto, o lençol todo torto e a minha camisola retorcida, coberta de suor. Aquele urso de pelúcia enorme do Wesley estava olhando para mim com uma cara zangada, como se eu fosse uma pervertida.

Eu me senti culpada — mas não deveria, porque eu NUNCA trairia o Wesley. NUNCA. Não quando eu estiver acordada. Mas não tem como controlar com quem eu me agarro nos sonhos, TEM?

QUARTA-FEIRA, 3 DE DEZEMBRO

Ah, o clima de Natal já está no ar! Carrie e Barney Draper já estão arrumando as lendárias luzes de Natal do Lar dos Drapers. Desta vez, vai ser MAIOR E MELHOR DO QUE NUNCA! Eles vão colocar o trenó com as renas e o Papai Noel correndo na frente da casa, e vão decorar a árvore com um zilhão de luzes piscantes, e também vão fazer um boneco de neve de três metros com braços mecânicos que se mexem e um nariz de cenoura que brilha... E TEM MAIS! Este ano, os Drapers encomendaram um presépio em tamanho real! Com um menino Jesus na manjedoura e os três magos olhando e pastores e tudo o mais!!!

Não que Barney seja religioso ou coisa assim. Para ser honesta, eu acho que ele quis o presépio porque o *Ilford Bugle* publicou que o conselho de Essex ia banir a palavra "Natal", visto que qualquer menção a Cristo pode ser ofensiva. Aí ele quis celebrar Cristo porque ele disse que tem esse direito. Além disso, "eu não fiquei atrapalhando ninguém no Eid passado, quando o Amjad do 39 e sua família ficou adorando Alá!"

Eu apenas concordei com a cabeça. Ajudei Barney a arrumar algumas palhas no abrigo do menino Jesus e um grupo de personagens de plástico — incluindo uma mulher triste rezando, um cara com uma barba que parecia aquele mágico, David Blane, uma ovelha, uma vaca e outros animais bíblicos bizarros feitos de material não inflamável.

Perguntei ao Barney se tinha espaço no cenário bíblico para um urso de pelúcia gigante, tão grande que as crianças podiam subir nele. Barney disse que "Sim, claro". Ele vai pegar o urso amanhã. OBRIGADA, SENHOR.

SEGUNDA-FEIRA, 15 DE DEZEMBRO

Ai, meu Deus, já é dia 15! Eu ainda não comprei nada! Nem um presente. Sonia Cathcart já fez todas as compras de Natal, embrulhou tudo e colocou os pacotes embaixo da árvore!

— Estou tãããããão feliz por ter me organizado este ano! — disse Sonia várias vezes. — Eu DETESTO ficar correndo! — disse ela também várias vezes. — Agora vou poder ter tempo para me divertir no Natal — disse ela umas 227 vezes em um dia.

"Ah, cale a boca, sua vaca pentelha!", foi o que eu queria ter berrado. "Você nem sabe se divertir! Você não come nem metade das comidas típicas de Natal porque acha que tem alergia alimentar e pressão alta, SUA IMBECIL!". Nunca falo isso; apenas penso.

Tudo o que eu fiz até agora foi a seguinte lista:

Mamãe: CD do Jolson Sparkle, ganhador do último X Factor, cantando Westlife.

Papai: pacote de três camisas da BHS (cor escura para não manchar).

Murphy: calendário de modelos da Fifi Monroe que vende no mercado.

Carrie: "Sem-cecê, by Tabitha T", o desodorante roll-on da Tabitha Tennant.

Cava-Sue e Lewis: um livro de viagem PARA QUE ELES NÃO SE ESQUEÇAM DE IR.

Penny: caixa (grande) de chocolate Cadbury's Selection e um pacote de Purina diet sem gordura.

Vovó: um desses romances que ela gosta, que tenha uma figura de uma mulher vitoriana usando espartilho sendo agarrada por um cara com aquelas calças de equitação.

Clement: um bolo da Mr. Kipling's Battenburg.

Vou comprar tudo isso algum dia desses, depois da aula.

23h — Wesley! Meu Deus, esqueci dele: alguma coisa da Halfords.

TERÇA-FEIRA, 16 DE DEZEMBRO

O urso de pelúcia do Wesley é um sucesso na decoração de Natal do Lar dos Drapers! A família da Carrie arrecadou mais de mil libras e vai levar crianças doentes para nadar com golfinhos. (Qual é a parada dessas crianças doentes com golfinhos? Elas são muito obcecadas, não são? Se eu algum dia me pegar pensando em golfinhos, vou ao Dr. Gupta na hora.)

Barney Draper disse que tinha gente de todas as cores e credos indo ver o presépio: brancos, pretos, beges e verdes.

— TODO MUNDO, então o conselho pode enfiar aquela história de banir a palavra "Natal" no rabo!

Algumas pessoas gostaram até demais do presépio. O menino Jesus ficou desaparecido por 24h no sábado à noite depois que um cara bêbado o roubou quando voltava do

Clube Goodmayes. Ele o devolveu depois. O cara disse que estava tão chapado que sentiu pena do neném ali, no frio, com aqueles incensos de mirra, então resolveu levar o coitado para casa.

Enfim... estou muito animada porque nós vamos para o passeio de Natal a Londres para ver *Rei Lear* amanhã! Carrie disse que o código de vestimenta é "Vista-se para impressionar, com um toque acadêmico".

Que se dane, eu vou de jeans, casaco rosa com capuz e ouro.

QUINTA-FEIRA, 18 DE DEZEMBRO

Ai, meu Deus. Ai, não, não, não. NÃO NÃO NÃO.

Estou me sentindo péssima hoje. Péssima, terrível, suja — mas, ao mesmo tempo, um tanto contente. Ontem, todos nós, alunos do ensino médio, fomos a Londres e esse dia acabou sendo um dos melhores de toda a minha vida. Melhor do que o dia em que a minha família foi ao *Hostilidade em Família* na ITV2, e melhor do que o dia em que Wesley veio à minha casa e pediu para sair comigo, e melhor do que quando eu peguei os resultados das provas e vi que tinha passado. Melhor do que tudo isso.

Não comi absolutamente nada hoje e nem fui à escola. Fiquei deitada embaixo do cobertor pensando e pensando e rezando. Não sou religiosa nem nada, mas uma coisa que a Sonia Cathcart sempre diz é que se você pedir que o Senhor Jesus Nosso Salvador nos guie, ele vai aparecer do nada tipo que nem um gênio da lâmpada e vai nos ajudar. Bem, estou aqui há oito horas pedindo que ele arrume essa confusão toda para mim mas ele não fez nada. Só sei que estou muito confusa e me sentindo uma vagabunda.

Basicamente, eu, Carrie, Sean, Uma, Saf, Joshua, Srta. Bracket e várias outras pessoas pegamos o trem e o metrô de Londres por volta das 15h. Estava nevando e meio escuro quando saímos da estação de metrô, e tinha uma banda tocando na rua Charing Cross, zilhões de pessoas fazendo compras de Natal por todo canto, turistas e trabalhadores e gente andando, vitrines cheias de enfeites de Natal, pessoas bêbadas para todo lado saindo de festas nos prédios comerciais, motoristas de ônibus usando antenas piscantes, Papais Noéis em cada esquina arrecadando dinheiro para caridade, trânsito e muito barulho. Nós estávamos nos divertindo horrores, Carrie e eu e todo mundo. Eu me senti muito natalina, meio zonza e totalmente viva.

Sempre quero ir a Londres mas Wesley nunca quer. Ele não vê razão para isso. Wesley diz que a cidade é fedida e cheia de gente maluca. E eu também achei isso durante muito tempo, especialmente quando Cava-Sue ficava falando sobre Londres. Mas agora não acho mais, porque quando você chega lá e para na ponte Waterloo sobre o Tâmisa e tem o Big Ben, o London Eye, o Parlamento, a catedral St. Paul, vários outros prédios sensacionais e luzes e o rio flutuando embaixo de você... cara, aquilo é basicamente a coisa mais linda DO MUNDO.

E o lugar realmente muda a maneira como você vê a vida porque, de repente, você faz parte desse universo incrível, enorme, e sente que coisas maravilhosas podem acontecer e você não está mais presa em Goodmayes fazendo deveres da escola e aí você sente uma admiração pelo mundo e pelas coisas que acontecem e isso muda o seu jeito de viver PARA SEMPRE. Wesley nunca veria isso em Londres. Eu queria poder levá-lo àquela ponte e mostrar tudo isso, mas ele nunca viria.

Eu, Carrie, Saf, Josh, Uma e Sean ficamos parados na ponte Waterloo, observando a vista e tirando fotos um do outro. Josh notou umas coisas bizarras que ninguém tinha reparado, tipo anúncios com pessoas estranhas nos prédios e estátuas nos tetos das casas. Aí Sean tirou uma foto do grupo para todo mundo colocar no Orkut e Josh colocou o braço sobre os meus ombros e tocou o meu braço. Foi muito bom.

Aí Sean disse:

— Peraí, isso dá uma foto maneira, Shiz, só você e Josh juntos. Pode ser? — Nós colocamos as mãos em volta da cintura um do outro e fingimos estar namorando, o que foi só uma brincadeira, mas foi muito gostoso. Eu SEI que devia ter pensado "O que Wesley vai achar se me vir fazendo isso?", mas o fato é que eu não estava pensando no Wes. Ele não estava nem um pouco na minha mente.

Aí nós fomos assistir ao *Rei Lear* e foi TOTALMENTE FANTÁSTICO. Vamos combinar: uma coisa é ler a peça para a aula, outra coisa é você ver pessoas que realmente são a Cordélia e o Goneril e o Rei Lear. Aí tudo fica muito real e você é tomada por aquilo. E quando o Rei Lear é abandonado na tempestade, eu me vi chorando porque comecei a pensar

123

na vovó e em como seria ruim se aquilo acontecesse com ela. Quando a peça terminou — TRÊS HORAS DEPOIS —, eu estava muito atordoada. Nessa altura, já eram 22h e a Srta. Bracket começou a "sugerir" que todos pegassem o metrô de volta para casa. Ela até tentou nos forçar a fazer isso, mas não tinha esse poder. Joshua tinha conseguido um esquema de lista VIP em uma boate chamada Forever Friends na Trafalgar Square. Aí Carrie disse:

— Bora, Shiz, nós podemos pegar o ônibus para casa mais tarde! Vai ser legal!

Eu devia ter dito que não, mas concordei porque sabia que Joshua queria que eu fosse só pela maneira como ele ficou me olhando. Enfim... a Forever Friends foi irada; estava lotada, o DJ tocou hip hop e umas coisas bobas de festa e disco dos anos 1970. Não sei o que aconteceu lá dentro, mas acho que perdi a cabeça, porque de repente estávamos todos dançando no palco, eu, Saf, Sean, Josh, Uma e Carrie, e nós estávamos tão felizes, rindo e nos abraçando e falando besteira sobre a vida e quanto nós nos amávamos e que seríamos amigos para sempre — assim como o nome do clube sugeria. Comecei a dançar com Josh e ele estava segurando a minha cintura e olhando bem dentro dos meus olhos e, de repente, percebi que queria dar um beijo nele, UM BEIJO DE VERDADE, mas não dei porque sabia que seria errado.

Mas aí as luzes da boate se acenderam e fomos todos expulsos de lá. Todo mundo saiu da boate e foi para a rua, todos felizes por causa do Natal. Todo mundo começou a ir para a Trafalgar Square e nós fomos atrás, aí o pessoal entrou nos chafarizes e começou a jogar água para os lados. Eu e Josh escalamos uma das bases que sustentavam umas esculturas de leões e nos sentamos juntos e ficamos vendo Carrie, Saf e Sean correndo no chafariz. Aí Josh pegou minha mão, a beijou e disse:

— Então, posso pegar o meu beijo de Natal?

Eu estava tão empolgada com o momento que dei um beijo nele, e foi muito muito muito bom, foi molhado e quente e foi... aaaaahhhhh! (E isso nem é uma palavra!!!) Assim que ele parou de me beijar, eu lembrei do Wesley Barrington Bains II e me senti mal.

— O que foi? — perguntou Josh.

— Tenho namorado — falei —, eu não devia ter feito isso.

— Ah, fala sério, Shiraz — disse ele —, eu estou a fim de você há décadas. E você também.

— Eu, não. Não é assim — discordei, mesmo estando bem confusa. — Não sei o que fazer!

— Eu sei o que você tem que fazer — disse ele. — Tem que se livrar daquele Wesley e ficar comigo. Quero você para mim. — Aí ele me beijou de novo, dessa vez por mais tempo.

Daí nós reunimos todo mundo e pegamos o ônibus juntos, e eu vim direto para casa, para a minha cama, e comecei a me perguntar se o Senhor Jesus Nosso Salvador ia me ajudar.

Talvez eu vá para o INFERNO.

DOMINGO, 21 DE DEZEMBRO

Esses foram os quatro piores dias de toda a minha vida. Tantas comemorações para Jesus Cristo Nosso Salvador... Eu acho que algumas situações tem que ser resolvidas por nós mesmos. Estou TENTANDO MUITO ignorar Joshua, mas ele me manda mensagens todos os dias. Mensagens picantes que eu tenho que DELETAR logo. Mensagens sobre coisas que ele queria fazer comigo, coisas que eu nunca fiz antes e não estava planejando fazer tão cedo. Estou ficando maluca. Eu estava extremamente nervosa enquanto fazia as compras de Natal hoje. Deixei tudo para cima da hora.

No final das contas, minha avó vai ganhar uma cola especial para dentaduras e o meu irmão, um calendario chamado "Meninas Levadas". Examinando bem o calendário agora, acho que não é nada apropriado para um menino de 15 anos... quando chega em abril, as meninas já desistiram de usar roupas e de ficar sentadas com as pernas fechadas. Comprei uns gorros na Halfords e um raspador de gelo para Wesley. Tenho estado ocupada demais para pensar em presentes de Natal. Espero que todo mundo entenda.

QUINTA-FEIRA, 25 DE DEZEMBRO — NATAL

22h — Eu não sei se o que aconteceu hoje aconteceu, de verdade. Estou um pouco confusa. Vou escrever tudo e ver se faz mais sentido.

Hoje foi dia de Natal, que é um dos melhores dias na nossa casa, porque nós temos o mesmo ritual todos os anos, tipo como se fosse uma tradição. Nós soltamos fogos, comemos balas e eu e Cava-Sue brigamos pelas balas verdes, ficamos todos meio bêbados com Buck Fizz, comemos muito peru e legumes e ficamos cheios de gases.

A vovó sempre vem e sempre ganha pantufas novas, sempre cai no sono depois do jantar com a boca aberta e nós sempre ficamos zoando, dizendo que ela se parece com o túnel Dartford. Uns vinte minutos depois do jantar, mamãe vai para a cozinha e aparece com uma torta gigante da Aldi, duzentos sanduíches de presunto e mousse — e ainda fica brava se as pessoas não comem mais para não "ganhar mais uns quilinhos".

Nós sempre usamos chapéus ridículos feitos de papel, e o papai tenta nos convencer de que viu o Papai Noel quando estava lá em cima fazendo o peru. A mamãe sempre usa uma roupa especial e um batom que no final do dia já está todo borrado. À noite, nós nos sentamos e assistimos um filme na BBC1 — mas todo mundo fala durante o filme. O telefone toca o tempo todo com parentes malucos que só ligam uma vez por ano para dar feliz Natal. A minha mãe fala com eles com uma voz educada e nós rimos, comemos mais bala e nos sentimos felizes, apesar de um pouco enjoados.

Este ano foi igual a todos os outros, mas um pouco diferente também.

Para começar, a vovó trouxe Clement, que estava de muito bom humor e veio com um chapéu de Papai Noel e uma garrafa grande de rum. Então, logo de cara o papai e Clement começaram a "degustar" a bebida para "testar a consistência" e ficaram fazendo piadas, sem se concentrarem na comida que eles tinham que fazer.

Todo mundo — Cava-Sue, Lewis, mamãe, Murphy, vovó — estava rindo e fazendo piadas. Achei que também estava no clima, só que o pessoal toda hora vinha perguntar o que tinha acontecido. Eles falavam para eu me animar, que nada de ruim ia acontecer. Eu só queria berrar: "JÁ ACONTECEU! EU TRAÍ O WESLEY BARRINGTON BAINS II COM O JOSHUA FALLOW E ACHO QUE ESTOU APAIXONADA!!!"

Wesley veio mais tarde, vestindo o casaco novo da Ralph Lauren que tinha ganhado da mãe. Ele estava carregando uma caixa enorme, toda bem embrulhada, como se a Sonia Cathcart tivesse ajudado com glitter e laços. No momento em que Wesley pisou dentro de casa, todo mundo se alegrou e começou a fazer comentários engraçados sobre o presente enorme que ele estava carregando.

— Hmmm, Wesley, não espere muito do presente da Shiraz! Nós já recebemos os nossos. Foram todos horríveis! Ninguém se salvou!

E foi aí que eu comecei a perceber que tinha feito uma BESTEIRA ENORME em relação ao presente do Wesley. Porque ele ama o Natal e ama dar presentes, e lá estava eu com um pacote de gorros. Percebi que aquilo não ia ser nada divertido — ia ser como quando Cava-Sue ganhou o canivete suíço.

Achei que seria melhor ter privacidade, então fomos para o meu quarto. Wesley se sentou na cama e olhou para mim e foi horrível porque foi como se ele SOUBESSE sobre Joshua.

É óbvio que não tinha como ele saber: eu estava só sendo paranoica. Aí ele me deu o presente. Abri a caixa e era uma coisa linda, um abajur supercaro chamado "anglepoise" que escritores de verdade tem. Era daquela loja chique que a Carrie sempre visita, chamada Habitat.

— Gostou? — perguntou Wesley.

— Amei — respondi, me sentindo pior ainda. — Quando você comprou isso?

— Ah, eu fui a Londres na semana passada quando você estava no Sr. Gema — disse ele.

— Você foi a Londres?! — perguntei.

— Fui. — Ele sorriu. — Lugar horrível. Fedido.

Quando entreguei o presente dele, as coisas começaram a ficar sérias. Wesley começou a falar que não ter tempo não é desculpa no Natal porque todos estão muito ocupados. Falou que nunca tenho tempo para ele, que desde que comecei o ensino médio é como se eu fosse outra pessoa e ele não sabe se consegue lidar com essa nova Shiraz.

Aí respondi:

— Ah, FALA SÉRIO, Wesley. Esta aqui sou eu mesma, e vou continuar sendo eu mesma. NÃO VOU MUDAR!

Wesley pegou os presentes dele e as chaves do carro e disse:

— Então é isso, Shiraz, valeu. Até mais. — Aí ele me deu um beijo na testa, desceu as escadas, bateu a porta e foi embora.

Eu me sentei na beirada da cama e me senti aborrecida, enjoada e aliviada, tudo ao mesmo tempo. Aí desci e fui para a cozinha, onde a minha avó e Clement estavam dançando perto da pia ao som de uma música do Shakin' Stevens que estava tocando na rádio Essex. Eles estavam com os braços em volta da cintura um do outro, se olhando nos olhos como se estivessem meio apaixonados. Quando eu entrei, eles pararam.

Agora, depois de ler tudo isso desde o começo, parece que eu e Wesley Barrington Bains II terminamos. E parece que a minha avó está tendo um caso com Clement.

O tal do Jesus Cristo está obviamente comemorando o aniversário dele com umas boas gargalhadas à minha custa.

SEXTA-FEIRA, 26 DE DEZEMBRO

Latanoyatiqua Marshall-Drisdale nasceu hoje às 4h. Ela pesava 3,57Kg. Kezia deu à luz em casa, na sala da mãe dela, com mãe e irmãs ajudando, segurando seus pés. Ela disse que foi muito doloroso. Tipo como se você quisesse ir ao banheiro, mas aí você percebe que tem que fazer mais força, e aí uma melancia vai saindo, só que milímetro a milímetro, por nove horas seguidas.

Mesmo assim, a criança da Kezia é bem bonito. Ela é uma coisinha fofa, marronzinha, com cílios longos. Eu, Carrie e Uma fomos visitá-la em casa. Carrie ficou com medo de segurar o bebê, mas eu não. Eu o coloquei perto do meu peito e, por algum motivo, meu estômago ficou estranho e fiquei com vontade de chorar.

Eu contei a Kezia que eu e Wesley havíamos terminado. Ela me disse que estou melhor sozinha porque "todos eles te decepcionam no final da história, como o Luther". Carrie disse à Kezia que não vou ficar solteira por muito tempo, porque em breve estarei dando um upgrade "para muito melhor". Eu sei que ela estava falando do Joshua Fallow.

Carrie está insistindo para eu e Uma irmos à festa de ano-novo na casa do Joshua semana que vem, mas sei lá. Você tem que ver as mensagens que ele fica me mandando; são muito vulgares. É sempre sobre as coisas que ele pensa. Não que eu não pense em umas coisas meio vulgares de vez em quando. Mas a história da Kezia e da melancia me desanimaram um pouco. Nada deve valer esse sacrifício.

SÁBADO, 27 DE DEZEMBRO

Sab 27 dez 17h06
DE: JOSUA
OI SHIZ — FESTA DE ANO-NOVO
AKI EM KZA.
VC VEM NEH?
DIGA Q SIM.
EU VOU FAZER
VALER A PENA.
VAMO COMEÇAR O ANO
COM UMAZINHA.
END: EST. VERENCE, 37
21H
BJBJBJBJBJ

Sab 27 dez 17h46
DE: SHIRAZ
OI JOSH — NUM SEI
SE VO. TO MEIO
CONFUSA.
VO FIKAR QUIETA.
VALEU O CONVITE.
SHIZZA

Sab 27 dez 20h07
DE: JOSHUA
FALA SÉRIO
PODE VIR NO ANO-NOVO
OU QQ OUTRO DIA
QUERO VER SEUS OLHOS
SEU SORRISO
E O SEU PAR DE...

Sab 27 dez 20h09
DE: JOSHUA
...ARGOLAS!
(FOI MAL, ME DISTRAÍ AKI
PENSANDO NAKELE BJO.)
MMMMM.

Sab 27 dez 21h19
DE: SHIRAZ
PODE PARAR! PARE D
ME PROVOCAR. VC EH
FODA

JOSHUA EZRA FALLOW!
SAIA DA MINHA KBÇA.

Sab 27 dez 22h15
DE: JOSHUA
HA, TAH PENSANDO
EM COISAS NEH.
ENTAUM VC VEM?
VAI SER BOM.
PROMETO.
POR FAVOR.
BJ

Sab 27 dez 23h12
DE: JOSHUA
SHIRAZ BAILEY WOOD!
VC TAI???
VC VEM???

Sab 27 dez 23h45
DE: SHIRAZ
OK
BJ

JANEIRO

QUINTA-FEIRA, PRIMEIRO DE JANEIRO

Eu tinha planejado dar um bolo no Joshua ontem e ficar em casa com meus pais. O fato é que eu estava me sentindo muito estranha por causa de todas as pessoas na televisão que ficam falando sobre "a noite de ano-novo" e "novos começos" e "fazer uma análise dos últimos doze meses". Lá estava eu, dividida entre dois caras. Um deles me ama de verdade mas acha que fiquei metida; sinto muita falta dele mas não quero reatar o namoro porque ele só fala sobre a Vauxhall nova e encanamentos. O outro é um garoto que eu conheci há pouco tempo. Ele é muito bonito, tem um rosto expressivo; ele realmente lê livros e pensa sobre a vida.

— E aí, o que você vai fazer hoje? Vai bater perna por aí? — perguntou minha mãe lá pelas 17h. Suspirei e disse:

— Não, vou ficar aqui com vocês, acho.

— Nossa, estamos muito honrados, com certeza — respondeu ela. — Mas você vai ter que se virar sozinha porque eu e seu pai vamos a um tributo ao Tom Jones no clube Goodmayes. Quinhentas libras pelo ingresso e você ainda tem direito ao bufê! Bom, né?

— Vocês o quê?! Vocês vão sair? Vocês SEMPRE ficam em casa no ano-novo!

— É, e eu sempre tenho que ficar aqui sentada olhando para a sua cara de desgosto porque você quer ir para a farra!

— respondeu ela. — Então... você tem 17 anos de idade agora, achei que já tivesse feito planos com Carrie Draper. Este ano, também fiz os meus planos! Ou será que eu deveria ter consultado Sua Alteza antes?

Simplesmente olhei para ela com a minha cara de TAN-TO FAZ.

— Hmmm, falando nisso — disse ela —, Cava-Sue, Lewis e Murphy vão sair também, então se você for ficar em casa, pode checar se o vídeo vai gravar a festa de ano-novo do Jools Holland para Cava-Sue? E você pode levar a cadela para fazer necessidades às 23h? Você sabe que ela gosta de dar uma mijadinha antes de ir dormir, depois de comer a Pringles dela.

Eu rapidamente decidi que ia à festa do Joshua. Como já estava meio atrasada para me arrumar, corri pela casa que nem uma louca, catando meu melhor jeans, uma blusa e o casaco com capuz da cesta de roupa para lavar e colocando tudo na máquina. Liguei no modo turbo para que a secagem fosse rápida, e isso acabou irritando a mamãe, porque ela consegue ouvir a máquina no turbo lá da Austrália. Aí a mamãe começou a falar sobre a conta de energia e que eu não dou dinheiro nenhum para pagar nada agora que estou na escola. Ela basicamente começou a me encher o saco, falando essas coisas sem parar por 45 minutos. Simplesmente ignorei e fiquei desejando que ela tivesse um botão de desligar.

Daí eu desci a Estrada Thundersley e bati na casa da Uma, que estava muito bonita com uma calça skinny preta, uma camisa tomara que caia e argolas bem grandes. Ela ganhou uma boa grana no pôquer e tem comprado umas coisas na New Look. Esperei que ela desse comida ao Zeus e fomos embora.

Josh mora no outro lado de Goodmayes em uma rua chique chamada Estrada Verence, que é perto de um hospital. Só tem casas antigas com terraços e umas árvores meio assustadoras nos jardins. Minha mãe disse que muitos dos médicos e psiquiatras que trabalham no hospital moram ali e eu tenho certeza de que um dia Cava-Sue disse que um dos professores de teatro dela vive nessa rua também. Era bem diferente da Estrada Thundersley, porque ninguém tinha se preocupado em fazer decoração de Natal e todo mundo parecia ser um pouco obcecado com reciclagem. As únicas casas que tinham lixo na frente pareciam estar em obra. Algumas casas tinham aqueles andaimes de obras na frente, e pareciam estar aumentando a construção — como se as casas já não fossem grandes o suficiente.

Nós andamos até o número 37, que tinha uma porta preta grande e uma *bay window* enorme, tipo aquelas que a minha mãe sempre vê nos programas de reformas.

— Ah, amo essas janelas vitorianas! — diz ela. — Iguais às que a vovó tinha em Stockwell quando eu era pequena!

Eu estava pensando nisso quando tocamos a campainha e esperamos. Pelo barulho, a festa parecia estar bem agitada.

De repente, a porta se abriu e uma mulher de uns 50 anos apareceu. Ela estava usando um vestido preto longo. Seu cabelo castanho estava bem preso no topo da cabeça. Ela parecia estar meio alegre e segurava um copo de vinho. Ela deu uma olhada na gente e perguntou:

— Jovens ou velhos?

Eu e Uma fizemos um "Hã?", e ela repetiu.

— Que festa você quer? Pessoas velhas ficam embaixo, os marginaizinhos jovens ficam na cobertura!

— Hmmm, é a casa do Joshua, né? — perguntou Uma.

— Sim, claro — grunhiu a mulher, que tinha uma risada meio retardada. — Subam as escadas, sigam em frente, subam dois andares. Ah, e vocês podem avisar para ele que, se alguém estiver fumando lá em cima, ele tem que abrir o teto? Acabei de mandar pintar o mezanino e não quero que ele fique com aspecto de queimado.

— Ceeeertovaleumuitoobrigada — respondemos.

Nós passamos por ela e por uma sala onde vários adultos estavam em pé bebendo vinho e conversando. Estava tocando Snow Patrol e eu tive a certeza de que senti cheiro de maconha vindo da cozinha. As pessoas estavam usando jeans e jaqueta e alguns homens tinham barba e umas mulheres tinham cara de professoras e todo mundo falava muito alto. Uma mulher estava reclamando sobre um documentário que ela tinha acabado de produzir, porque a data de exibição tinha sido modificada DUAS VEZES e ela tinha acabado de mandar um e-mail para a BBC. Uma outra mulher estava contando que tinha reduzido a sua pegada de carbono em noventa por cento em seis meses. Uma e eu passamos pela sala o mais rápido possível e praticamente corremos lá para cima.

Joshua tinha um andar só para ele na casa. UM ANDAR SÓ PARA ELE!!! Você sabe que meu quarto é tão pequeno que quando saio da cama e vou até o corredor, eu tenho que voltar de costas, né? Bem, Joshua não tem esse problema porque ele tem um quarto enorme só para ele no loft, com espaço para uma cama king, um sofá e um banheiro!!!

Quando chegamos ao quarto dele, tinham umas 35 pessoas lá da Mayflower, do Regis Hill e da Granja Walthamstow e umas meninas de Londres, que segundo Josh eram tipo primas dele. Todo mundo estava rindo e conversando e berrando e gritando e pulando na cama e bebendo cidra e sentando no telhado e fumando maconha. Tinha um cara estranho chamado Nozz que ficava mostrando que conseguia dar backflips na bike e todo mundo estava brigando para colocar música no som, tentando plugar os seus iPods e tocar hip hop, techno e R&B. Era a festa mais irada que eu já tinha visto NA VIDA.

Aí Carrie apareceu com Saf e Sean, e, nessa altura, todos estavam dançando e caindo pelos cantos. Eles ligavam para outras pessoas para falar da festa do Josh ou tiravam fotos um do outro para mandar para outros amigos para provar como a festa estava bombando. E as horas começaram a passar muito rápido porque ficou tudo meio zoneado e, num determinado momento, eu estava tão feliz e tonta que achei que estivesse em outro planeta. Na verdade, não lembro da virada da meia-noite. E no momento em que Josh e eu nos encontramos, nós rimos muito e esqueci completamente que havia terminado com Wesley porque eu e Josh estávamos flertando e conversado e fazendo carinho e nos agarrando MESMO, DE VERDADE, nos agarrando muito e todo mundo que nos viu ficou falando que éramos um casal maneiro. Joshua nem discutia, só me abraçava mais forte e dizia para todo mundo que eu era dele agora. Senti que estava apaixonada, mas sabia que devia estar sentindo aquilo porque a minha cabeça estava zonza e inventando coisas.

De uma hora para a outra, eu nem notei, começou a ficar claro e todo mundo começou a pegar táxis. Eu e Josh acabamos deitados juntos no chão, cobertos por um lençol e assistindo um filme tosco com legenda no DVD e conversando besteiras sobre qualquer coisa, tipo livros e música e que poderes dos super-heróis nós gostaríamos de ter por um dia, esse tipo de bobeira. Foi incrível ficar ali com o Josh em volta de mim embaixo do lençol, falando intensamente sobre a vida. Às vezes ele mordia e beijava o meu pescoço. Nós ficamos ali por séculos fazendo coisas e em algum momento pegamos no sono. Quando acordei, era meio-dia e não tinha ninguém na casa, a não ser eu e Josh, cercados de garrafas e confetes.

Catei as minhas coisas e beijei aquele rosto que roncava e fui logo para casa. Entrei no banho depressa e fiquei lá em pé pensando durante horas.

Acho que nunca mais vou ser a mesma pessoa.

SÁBADO, 3 DE JANEIRO

Eu e Joshua estamos saindo. Sou a namorada do Joshua! EU? JOSHUA FALLOW? Ele é tipo o cara mais gato da Mayflower e ele quer ficar comigo! COMIGO! Ele gosta de mim! Ele diz que não consegue parar de pensar em mim e eu também não consigo parar de pensar nele. Eu me sinto nervosa o tempo todo e simplesmente quero estar com ele a todo minuto. Tipo agora, deitada aqui na cama, eu só quero sair correndo até a casa dele na Estrada Verence e vê-lo e cheirá-lo e beijá-lo e abraçá-lo com braços e pernas. Acho que estou enlouquecendo. Quero contar para o mundo todo! Quero ficar em cima do ônibus 56 e andar para lá e para cá em Ilford berrando para quem passa.

Mas nós vamos tentar manter isso entre nós por enquanto porque não quero que o Wesley saiba. Ele vai achar que sou uma vagabunda. Espero que ele não fique muito chateado.

QUINTA-FEIRA, 8 DE JANEIRO

Fui à casa do Joshua depois da escola hoje. Nós tínhamos planejado ler umas coisas juntos para a aula de inglês, que recomeçaram esta semana, mas é muito difícil estudar quando você está sozinha no loft com Joshua porque ele é tão lindo que distrai. Sempre encontro um detalhe nele, uma parte que eu não tinha notado ou beijado antes. Gosto da pele atrás da orelha dele e da ponta do nariz.

Fui apresentada à mãe dele hoje. Ela parece não ter lembrado de mim da festa de ano-novo. Só fiquei cinco minutos com ela na cozinha e disse "oi" e sorri, mas ela meio que olhou para mim com uma cara engraçada. Ela olhou para as minhas argolas e o meu capuz e a minha calça e os meus anéis como se nunca tivesse visto nada parecido na vida. Aí Josh falou que eu me chamava Shiraz e ela disse:

— Que ótimo. Bem, a sua amiga precisa ir embora porque nós vamos jantar assim que o papai terminar a ligação com L.A.

Eu vim para casa e a minha mãe estava dando banho na Penny na pia da cozinha e o meu pai estava cortando as unhas do pé na frente do Sky Sports e o Murphy estava reclamando alguma coisa sobre a comida dele. Acabei de falar com Josh no telefone e ele perguntou quando pode vir à minha casa. Eu gargalhei e disse que só quando o inferno congelar, querido.

SEGUNDA-FEIRA, 12 DE JANEIRO

A Mayflower foi muito estressante hoje. Todo mundo está estressado por causa dos trabalhos, porque eles contam para as notas finais. TODO MUNDO: Saf, Sean, Manpreet, Tonita, Nabila, até Josh. Estão todos ALTAMENTE OBCECADOS em conseguir boas notas nos trabalhos e nas provas finais, porque todos acham que boas notas agora podem aumentar a média geral do ensino médio e aí, se você conseguir boas médias no ano que vem, e se tiver bons hábitos e outras coisas que são necessárias para entrar na faculdade, então vai conseguir escolher uma boa universidade. E daí, se você for para uma boa universidade, pode conseguir um trabalho legal, e se conseguir um trabalho legal você pode ter uma casa grande, e se trabalhar muito você pode arrumar um emprego melhor ainda e... e... ai, que saco, só de escrever isso aqui eu já fico cansada.

Por isso que é bom ser amiga da Carrie. Ela não é que nem todo mundo. Carrie só apareceu na escola ao meio-dia e, quando o Sr. Douglas começou a pentelhar porque ela faltou a aula de estudos de mercado, ela simplesmente concordou e disse que tinha feito bronzeamento artificial ontem à noite e quando acordou ainda estava meio grudenta e não conseguiu nem subir a calcinha até o meio da perna. O rosto do Sr. Douglas ficou MUITO vermelho. Amo Carrie Draper, ela é muito hilária. Se bem que eu não vejo o negócio do Barney Draper indo muito longe com ela no comando.

QUINTA-FEIRA, 15 DE JANEIRO

A mãe do Lewis concordou em dar o empréstimo para Cava-Sue e Lewis viajarem!!! Eles vão partir para o Vietnã daqui a duas semanas! Serão menos duas pessoas usando o banheiro de manhã. Em algumas manhãs, não consigo nem tomar banho antes da escola! Só coloco desodorante e rezo para não ficar fedida. Perguntei à mamãe se podia dormir no quarto da Cava-Sue e construir uma suíte lá dentro. A mamãe discordou dizendo:

— Uma suíte?! Há! Acho que você disse adeus à sua suíte no momento em que dispensou o pobre do Wesley, nosso bombeiro. Ah, falando nisso, eu o vi hoje perto da Halfords. Ele parecia um fantasma! Você acabou com o menino!

Eu me senti um lixo quando ela disse isso. Acho que o Wes deve ter visto as fotos da festa do Joshua no Orkut da galera. As fotos em que estou beijando ele.

Aí a mamãe disse:

— E o que esse seu novo namorado quer fazer da vida?

Fiquei vermelha quando ela perguntou isso porque não achei que ela sabia sobre ele, mas aí lembrei que eu, Cava-Sue e Murphy sempre damos informações à mamãe em troca de pequenos favores. Pensei um pouco e disse:

— Hmmm, não sei o que o Joshua quer ser, acho que político.

Ela riu e disse:

— Bem, se ele for duas caras e agir como uma cobra ele vai se dar bem.

Tentei ligar para o Josh para conversar e me animar um pouco, mas o telefone dele caiu direto na caixa postal.

QUARTA-FEIRA, 21 DE JANEIRO

Fui à casa da Uma hoje à noite. Houve um tempo em que eu nunca iria à casa da Uma, porque ela costumava ser meio louca, mas ela está meio diferente agora. Eu queria que outras pessoas vissem isso. Ela não fuma mais maconha, então não está tão paranoica. Ela nem sai mais com a Tiffany e a Ashleen, aquelas meninas com quem bebia no parque.

Não que Uma tenha virado um anjo. Só acho que o pai dela ter ido para a cadeia e a mãe tê-la deixado com o Clinton fez com que a garota caísse na real. A minha mãe ainda não confia nela — nem nunca vai confiar.

— Como é que ela sobrevive sem dinheiro? É isso que eu me pergunto! — disse a minha mãe. — Deve estar roubando vovozinhas e vendendo drogas! Ou coisa pior! E aquele cachorro diabólico dela podia morrer também.

Eu e Uma não roubamos nenhuma vovozinha hoje. Nós comemos bolo e conversamos sobre *Rei Lear*.

DOMINGO, 25 DE JANEIRO

DIA BIZARRO. Josh não me ligou ontem à noite como disse que ligaria. Nós meio que combinamos de ir ao cinema, mas eu mandei uma mensagem às 17h e ele não me respondeu, e o telefone dele estava desligado. Ele não é como o Wesley em relação a planos. Ele é meio imprevisível. Por mim, tudo bem, porque pelo menos eu tenho espaço. Enfim... o Josh me ligou hoje de manhã e disse:

— Desculpa, docinho, acabei saindo com os meus primos de Londres.

— Tudo bem — respondi —, sem problemas.

E não tinha problema mesmo.

— Venha para cá e traga as suas anotações sobre *Rei Lear*! — disse ele.

Entrei no banho rapidinho e me arrumei para ficar toda linda e chique e cheguei lá assim que pude porque eu estava com saudade. Foi ele que atendeu a porta.

— Venha para a cozinha, eu e mamãe estamos lá.

Então fui para a cozinha e a Sra. Fallow estava sentada à mesa, olhando a revista do jornal *Observer*, bebendo café e comendo uma barra de chocolate muito cara. Um rádio pequeno estava tocando uma ópera estranha na bancada e um gato preto e grande chamado Marx estava sentado em cima da seção de esportes, lambendo o rabo.

Para ser honesta, eu não me senti muito bem-vinda, porque quando a Sra. Fallow me viu, ela mais uma vez achou que nunca tinha me visto antes. Aí de repente ela lembrou que já tínhamos sido apresentadas e disse:

— Me ajude. Você é amiga do Joshua de onde, mesmo? — Ela disse isso escaneando o meu capuz e as minhas argolas, que nem na última vez.

Eu quis dizer que não era *amiga* dele, e sim *namorada*, mas não me pareceu ser a coisa certa. Aí ela se levantou e abriu um armário de metal que parecia ser um fogão, mas não podia ser.

— Da Academia Mayflower — respondi, sem saber se devia me sentar ou ficar em pé e me perguntando o que era aquele fogão com cara de armário. — O que é isso? — perguntei, e ela olhou para mim com um tipo de sorriso que não era exatamente um sorriso.

— É um Aga. — Simplesmente concordei com a cabeça como se soubesse o que isso significava.

Aí Josh pegou um prato com bolo de banana, panquecas, umas batatas chips e fomos para o quarto, nos agarramos bastante deitados no sofá. Eu não podia ficar muito tempo porque ia ao bingo com a vovó em Chadwell Heath.

Quando eu estava saindo da casa do Josh, achei que devia passar na cozinha e dar um tchau para a Sra. Fallow para que ela se lembrasse de mim na próxima vez, mas no meio do caminho a escutei falando no telefone.

—Ah, eu sei. — Ela riu. — Sou terrível, eu sei. Eu SEI!
Vou para o inferno... Ha ha ha! A questão é que foi o pai do
Josh que o mandou para a Academia Mayflower. Ele disse
que lá "é um centro de excelência agora", e "pense no dinheiro que vamos economizar!", e também que "Josh vai
ficar mais esperto!".

Eu devia ter parado de escutar e saído, mas fiquei um
pouco mais e aí a Sra. Fallow deu aquela risada maluca de
novo e disse:

—Ai meu Deus, eu sei, Jocasta, estou sendo má. Mas é
que, pelo amor de Deus, eu já faço caridade o suficiente.
Estou sustentando uma menina africana em Burkina Faso!
Não sei porque tenho que ficar bancando as encrenqueiras
locais também. Ha ha ha!

Eu me senti enjoada, saí correndo pela porta e vim logo
para casa. Tenho certeza de que ela não estava falando de
mim. Estou apenas sendo meio paranoica, não estou?

Ela não estava falando de mim.

FEVEREIRO

SEGUNDA-FEIRA, 2 DE FEVEREIRO

Cava-Sue e Lewis foram para o Vietnã hoje. É estranho porque já estou com saudade dela e há dois dias eu estava pensando em como ela é um saco, falando sem parar sobre as violações dos direitos humanos do povo vietnamita e como os agricultores de Nam Pam Lang não têm acesso à informação. Fiquei sentada pensando "Meu Deus, eles nem vão saber o que os atingiu quando você chegar lá com essa sua boca enorme".

Aí, de repente, ela e Lewis arrumam as malas e se mandam. Toda a falação acabou. Cava-Sue foi embora para perseguir seu sonho. Isso realmente me fez pensar sobre o meu sonho, que eu ainda não descobri qual é.

Nós fizemos uma pequena despedida ontem para eles lá em casa, e acabei deixando Joshua vir porque todo mundo estava enchendo o meu saco para que ele aparecesse (todo mundo inclusive o próprio Josh). Sinceramente, eu estava paranoica em convidá-lo porque, desde que ouvi a mãe dele falando aquelas coisas que eu nem sei se foram sobre mim, a minha cara fica vermelha de vergonha.

Não tenho usado as minhas argolas douradas. Nem a pulseira. E me sinto meio estranha usando capuz porque fico pensando: "Será que isso me faz parecer uma encrenqueira? Eu sou uma encrenqueira? Não, não sou uma encrenqueira! Os encrenqueiros são tipo aquelas pessoas que ficam nos parques e aqueles marginais que roubam celulares na estação Ilford! Eu não sou assim! Sou?"

Aí começo a pensar em qual deve ser a imagem que passo para uma mulher que tem amigas chamadas Jocasta, que tem dinheiro suficiente para ter um armário que esquenta em vez de um fogão, que ajuda crianças em Burkina Faso e dá um quarto com suíte para o filho. Eu me senti terrível e um pouco... bem, um pouco como uma encrenqueira.

Então finalmente trouxe Joshua para a nossa casa na Estrada Thundersley. Passei meses tentando não dar meu endereço para ele, porque não queria que ele aparecesse de surpresa, mas lá estávamos nós descendo a rua juntos. Comecei a notar todas as coisas que nunca havia notado antes, tipo os buracos na rua e os cocôs de cachorro e as placas de trânsito com pichações pornográficas e a maneira como o Bert da casa 89 pendura as cuecas em uma corda na varanda e como todo mundo tem cachorros da raça Staffy, que nem eu. Aí nós passamos pela casa da Uma com a geladeira na entrada e o Joshua disse:

— Deve ser para economizar espaço na casa!

Fiquei meio sem graça e disse:

— É a casa da Uma.

— Ah, faz sentido — respondeu ele.

Na minha casa, mamãe, papai, Murphy, Clement e vovó estavam gargalhando, conversando, comendo, bebendo Peach Lambrella e umas garrafinhas de cerveja alemã, escutando os discos do Chas 'n' Dave do papai, falando besteira e fazendo muito barulho. É bizarro porque agora estou percebendo coisas, tipo marcas de pés no carpete da entrada, louças rachadas, como a nossa casa tem cheiro de cachorro, como tem fotos de todos nós nas paredes, como ninguém nunca usa prato para comer e todo mundo berra e ninguém se escuta, e como a casa é pequena. Sinceramente acho que Joshua ficou atordoado com tudo porque ele quase não falou nada. Quando a vovó levantou e começou a cantar, juro que ele estava tentando não rir.

A vovó perguntou ao Josh o que ele estava estudando e ele disse inglês, política, geografia e teoria crítica. Todo mundo respondeu um "Uhhhhh! Que inteligente!", como se aquilo fosse algo incrível. Ela perguntou o que ele queria ser quando crescesse e ele disse:

— Espero ir para a universidade de Oxford para me formar em Diplomacia e Relações Internacionais. Se eles me aceitarem, é claro. — Ninguém falou nada porque estavam todos muito impressionados.

Não sei se Joshua gostou da festa. A minha mãe disse que ele não comeu nada. Respondi que a mãe do Joshua nunca o deixa comer coisas muito calóricas que não sejam orgânicas, então ele provavelmente achou que seu estômago delicado não fosse aguentar bolas de queijo ou frutos do mar fritos. A minha mãe falou alguma coisa vulgar tipo enfiar as bolas de queijo onde o sol não bate, mas eu acho que ela estava meio alta e sensível.

Sinto falta da Cava-Sue. Espero que ela não suma.

QUINTA-FEIRA, 5 DE FEVEREIRO

Uma coisa meio engraçada aconteceu hoje. Nós pegamos as nossas notas dos trabalhos de inglês — bem, nós menos Carrie, porque ela estava "doente" de novo — e todo mundo estava no pátio se sentindo feliz com as notas. Manpreet tirou nove, Josh tirou nove, eu tirei oito, Sonia tirou nove, Uma tirou sete. Todo mundo estava conversando sobre o que isso significava e o que as notas podiam fazer no futuro e sobre empregos em escritórios e conseguir um terno para as entrevistas da faculdade, e de repente comecei a me sentir estranha porque eu era a única que não estava falando nada. Percebi que era a única que não estava nem aí.

Não falei isso para ninguém, mas de repente me dei conta de que não dava a mínima para a universidade. Percebi que a ideia de continuar estudando tanto quanto agora por mais muitos anos estava fazendo eu me sentir presa, como naquele dia em que fui ao Parque Industrial Bispo Fledding e fiquei olhando para aquelas pilhas de concreto onde Wesley queria que eu morasse com ele para sempre.

Não quero me sentir prisioneira desse jeito. Quero me sentir do mesmo jeito de quando fui à ponte Waterloo em Londres no meio daquela gente, do trânsito e das embarcações e estátuas. Quando olhei para o rio, me senti completa e feliz e livre, senti que tudo era possível.

Acho que vou ficar menstruada. Devo estar melhor amanhã.

SEXTA-FEIRA, 13 DE FEVEREIRO

Nenhuma notícia da Cava-Sue. Espero que ela esteja bem. Há uma pequena chance de ela ter sido capturada por tribos canibais das montanhas que poderiam ter resolvido fazer um churrasco da cabeça dela para que ela calasse a boca e parasse de falar sobre fatos interessantes.

Estou meio chateada hoje porque eu estava falando com Carrie e ela disse que Saf vai levá-la ao restaurante Le Galle em Romford amanhã à noite para um jantar de dia dos namorados. Falei com a minha avó e ela acha que Clement vai fazer um jantar no apartamento dele. Eu chego em casa e Murphy está roubando uma caneta minha para escrever um cartão para uma menina com quem ele está saindo; ele encheu o cartão de corações e beijinhos, como se estivesse mesmo apaixonado. (O Murphy apaixonado?!?!?! Por uma menina chamada Rema no sétimo ano. Não por um jogo de PS2. Surreal.)

Aí perguntei ao meu Josh o que ele ia me dar de dia dos namorados e ele riu de mim como se eu fosse uma retardada.

— Ha! Você está brincando, né? Não me diga que você cai nessa conspiração capitalista! Isso é uma invenção do comércio para ganhar mais dinheiro. O que você quer, um daqueles ursões com um "I LOVE YOU" na frente? Ha ha ha ha ha!

— Não — respondi —, claro que não, mas... bem... mas...

Eu não sabia o que responder porque Josh tem uma

maneira de fazer com que você se sinta bem insignificante. Ele deve ter aprendido com a mãe.

— Cara — falei —, eu só quero saber que você se IMPORTA comigo!

— Ah, OK, OK, Shiraz — disse ele. — Eu não queria estragar a surpresa, mas aluguei um daqueles aviões com um banner para passar pela Estrada Thundersley. Vou ligar para o controle aéreo agora e ver se o avião já está a caminho.

— MENTIRA???!!! — exclamei.

— Claro que é mentira, sua monga! Você sabe quanto eu gosto de você. O que MAIS você quer?

Tenho certeza de que ele estava só brincando. Todo mundo gosta do dia dos namorados, né?

SÁBADO, 14 DE FEVEREIRO

ALERTA PARA UMA NOTÍCIA BIZARRA: a minha avó vai se casar com Clement! Ela tem 73 anos e ele tem 78, mas a vovó diz que se sente com 17 depois que o conheceu, então eles vão se juntar para mostrar ao mundo que estão apaixonados. A vovó disse que ele fez uma galinha cozida no apartamento dele hoje à noite e que ela estava ajudando com a louça; quando ela se virou, ele estava ajoelhado no chão ao lado da pia e ela pensou "Ai, Jesus Cristo, ele está enfartando!", mas aí ela percebeu que ele estava mostrando uma caixa com um anel. Eles marcaram o casamento para julho!

Não tive tanta sorte hoje. Parece que o Josh realmente falou sério sobre aquilo de "conspiração capitalista". Passei o dia todo dentro de casa com minha mãe e meu pai.

Josh falou que não vai reservar mesa em nenhum restaurante porque todos os lugares vão estar cheios de casais idiotas. Ele disse que preferiria passar a noite no Fat Freddy's Foodstop em Romford com um bando de encrenqueiras. E ponto final. "Não tem nada de errado em ir ao Fat Freddy's Foodstop", eu quis berrar, mas não queria que ele soubesse que eu já tinha ido lá.

DOMINGO, 15 DE FEVEREIRO

Eu estava deitada na cama ainda um pouco chateada por causa do Joshua quando o meu pai bateu na minha porta e berrou:

— Uhuuu! Shiraz Bailey Wood. Entrega especial para você!

De repente, eu me senti melhor porque pensei que Joshua estava brincando e tinha comprado um presente para mim.

Desci de pijama e tudo. Em cima do sofá da sala havia um envelope vermelho enorme, de quase um metro de altura. Um envelope enorme com SHIRAZ BAILEY WOOD escrito na frente com caneta colorida — as letras estavam deformadas porque o envelope estava meio molhado por ter ficado lá fora. Quando olhei de perto, tinha uma lesma subindo pela parte da frente.

— De onde veio isso? — perguntei, porque logo percebi que não era do Josh.

— Estava lá nos degraus da frente — disse meu pai. — Alguém deve ter trazido à noite. Está meio úmido, olhe.

— Você viu quem foi? — perguntei.

— Não, deve ter sido bem tarde mesmo — disse papai. — Ah, e eles deixaram isso aqui também.

O papai me passou um cilindro embrulhado em papel brilhante. Tinha um pacote de jujubas dentro. Mas, quando eu olhei com atenção, vi que não era um pacote qualquer, porque só tinha jujubas azuis. Alguém comprou vários e vários pacotes de jujuba e pegou todos as azuis e colocou tudo em um pacote novo para que eu pudesse comer só a minha jujuba favorita. Aí essa pessoa veio aqui no meio da noite, debaixo de chuva, carregando um cartão enorme e deixou tudo na entrada. O cartão não dizia de quem era. Só dizia: "Para Shiraz, a menina mais linda de Goodmayes. Bj."

Eu e papai não dissemos nada, mas sabíamos quem tinha mandado aquilo. Foi alguém que se importava comigo.

SEGUNDA-FEIRA, 23 DE FEVEREIRO

Engraçado. Hoje eu estava lembrando da campanha "Mais Paz" e pensei que, sabe, talvez seja tudo uma grande perda de tempo e talvez o Josh esteja certo; as pessoas realmente fizeram aquilo para ter alguma coisa boa no currículo para mostrar nas universidades. Porque tem cinco meses que nós fizemos as apresentações e os discursos e mostramos o vídeo e fizemos pôsteres e panfletos e arrumamos uma sala onde os alunos podiam ir e conversar com alunos mais velhos sobre problemas na escola... mas eu não sinto que houve mudança alguma.

A Academia Mayflower continua tendo uma imagem ruim na mídia por causa de brigas depois das aulas, e porque alguns alunos ainda entram nas salas com facas. Todo mundo fica empolgado quando conversa sobre o tiroteio do Clinton Brunton-Fletcher. Os alunos ainda têm seus celulares e carteiras roubados por outros alunos no ônibus de volta para casa e ainda formam gangues para reaver o que perderam — e ainda anunciam que os rivais não podem entrar nas suas ruas e brigam com tacos de beisebol e correntes de bicicleta caso os limites sejam desrespeitados.

Janelle, o irmão mais velho do Delano, e os amigos dele foram presos por causa do tiroteio. Eles ficam na cadeia de menores ofensores e, sim, isso significa que eles não virão mais à Mayflower para encontrar o Clinton... mas isso só fez com que o Delano se sentisse o bandidão do pedaço porque o irmão dele era tipo um soldado do mal preso por defender a sua família, e blá-blá-blá-blá-blá.

Falei tudo isso hoje para a Srta. Bracket quando ela me chamou na sala dela. Ela escutou tudo com atenção e depois disse:

— Você está meio triste, Shiraz? Você está sendo muito negativa.

— Negativa, não, Srta. B — respondi —, apenas realista.

Ela olhou para mim e concordou com a cabeça.

—Bem, todos nós temos a nossa própria verdade, eu acho. — Ela pensou por um segundo. — Você não está gostando de estudar?

Suspirei e confessei:

—Até que estou, sim... mas não é tipo como se eu estivesse gostando tanto que quisesse ficar estudando por mais quatro anos.

A Srta. Bracket assentiu com a cabeça e disse:

—Então o que você preferiria fazer?

—Seguir o meu sonho e ser livre! — respondi.

A Srta. Bracket disse que entendia e que foi por isso que ela ficou um ano em Israel colhendo uvas em um campo antes de ir para a universidade. Ela queria resolver algumas questões pessoais e ter uma experiência de vida. Eu a encarei por um tempo, sentada ali do outro lado da mesa com seu terninho e toneladas de arquivos na mesa e o telefone fora do gancho. Tentei imaginá-la aos 17 anos de idade, completamente livre. Não dava.

—Mas enfim — disse a Srta. Bracket —, eu não concordo com você sobre a campanha "Mais Paz". Acho que vocês fizeram um trabalho brilhante. Os alunos do quinto e do sexto anos nos deram um feedback muito bom. Eles entraram no clima da nossa mensagem.

—Hmmm — murmurei.

—E é por isso que eu quero que vocês avancem — disse ela.

—Como assim? — perguntei.

—Bem, nós vamos ter uma abertura oficial do novo prédio do ensino médio em abril. O noticiário de TV nacional vai estar aqui e nós vamos receber convidados VIPs para inaugurar a placa. Então eu e o Sr. Bamblebury pensamos que você e o time do "Mais Paz" podiam organizar algumas horas de entretenimento. Talvez algum evento na nova sala de música? Discursos? Uma peça?

— Quem são os convidados VIPs? — perguntei.

— Ah, ninguém com quem você deva se preocupar — disse ela.

— Quem? — insisti.

— A Sua Alteza, o príncipe Charles — respondeu ela.

— Caraca — disse eu.

— Oi? — perguntou ela.

— Nada — respondi.

MARÇO

DOMINGO, PRIMEIRO DE MARÇO

De: cavasuecadetu@steeldrum.com
Para: ashizz@wideblueyonder.co.uk
Assunto: **Hanói é irado**

E aí, Shiz!!! É a Cava-Sue!!! Desculpa, desculpa, desculpa por eu não ter escrito e-mail/mensagem/scrap, mas nós estamos tão concentrados nessa experiência incrível que esqueci de dar notícias. Além disso, a conexão de internet é um lixo aqui. Estou escrevendo este e-mail em um cyber café do lado dos túneis de Cu Chu, a uma hora de Saigon.

Bem, cyber café não, na verdade estou sentada na cozinha de alguém usando o meu laptop enquanto uma senhora sem dentes está tentando vender macarrão e pé de galinha para mim e para o Lewis por cinco bilhões de dongs. Super.

Nós passamos a última semana no Delta do Mekong só andando, visitando templos e conhecendo vietnamitas de verdade. Pegamos ônibus e barco. Estamos voltando para Ho Chi Min para visitar um médico porque as mordidas de ácaro na bunda do Lewis infeccionaram. Eu sempre acordo com vontade de vomitar. Acho que estamos tendo alguma reação alérgica. Não conte para a mamãe!!!

Espero que você esteja bem, Shiraz! Espero que o Joshua esteja tratando você bem! Tem estudado muito? Mande notícias logo! Bj, Cava-Sue.

QUINTA-FEIRA, 5 DE MARÇO

Ai, meu Deus, eu cometi um GRANDE erro ao contar para a mamãe sobre a visita do príncipe Charles à Mayflower. NUNCA a vi tão feliz. Falando sério, nunca mesmo. Nem quando eu contei que a lavagem estomacal que a Maria Draper fez deu errado e ela acabou no meio da Asda com a calça cor de creme toda suja. Ela ficou mais feliz agora do que quando ouviu essa história.

Esqueço que a minha mãe ama a realeza. Uma vez, ela fez com que eu e Cava-Sue ficássemos em pé por quatro horas do lado de fora da Poundland no Shopping Ilford só para jogar narcisos silvestres em cima da princesa Anne. A mamãe ama o príncipe Charles mais ainda.

— Minha Nossa Senhora! — disse ela. — O príncipe Charles vem para cá? Eu amo Charlie! E ele vai trazer Camilla? E você vai falar com ele? E o que você vai falar?! Vai sair nos jornais? Você vai conseguir uma foto sua com o Charlie para eu colocar na parede, Shiraz? Ai, meu Deus, eu não acredito nisso, tenho que ligar para a Glo e contar. Ela vai morrer!

Aí a mamãe ligou para a Glo e, quando terminou de falar, a impressão que dava era que o Charles vinha só para ME ver, já que ele ia trazer a espada especial da rainha e eu ia participar de algum ritual de cavalaria. A mamãe também concordou com a Glo que elas tinham que tirar o dia de folga e ir à escola acenar para a bandeira. Ai. Meu. Deus.

Seria óbvio achar que um bando de gente sem dente e orelhas de abano que não trabalha e está sempre bêbada fosse irritar a mamãe. Quando foi com os Brunton-Fletchers, ela recolheu várias reclamações e tentou fazer com que eles fossem expulsos para Hastings. Mas com a família real é diferente.

QUARTA-FEIRA, 11 DE MARÇO

OK, vou ser bem direta: tenho adiado o máximo possível esse negócio de Mais-Paz-príncipe-Charles. Tenho estado realmente ocupada com trabalhos e com Josh. E se você quer que eu seja realmente franca, não faço a mínima ideia de por onde começar para juntar o mundo da realeza com o mundo das gangues para o país todo ver. Na verdade, estou morrendo de medo. Não que eu vá admitir isso para todo mundo, porque eu finjo ser cool na Mayflower.

Chego na escola hoje e levo um choque quando vejo que Josh tinha pendurado o seguinte cartaz pela escola toda:

MAIS PAZ —
EXTRAVAGÂNCIA REAL —
REUNIÃO HOJE — 13H
SALA DE AV

Pensei: "Hmmm, que estranho, porque quando eu comentei isso com Josh na semana passada ele fez todo tipo de comentário sobre encrenqueiros e disse que a família real devia ser levada para os confins do palácio e fuzilada por usurpar o nosso dinheiro". Ele disse também que já tinha participado da campanha "Ajudem os Jovens Infratores" e estava muito ocupado.

Mas lá estava ele na sala de audiovisual com essa reunião sobre a qual eu não sabia nada, como se fosse o projeto dele!

— Josh, você não me falou que ia organizar uma reunião — disse eu.

— Ah, docinho, falei sim. Você precisa checar a sua audição — respondeu ele.

— Não, Josh, você DEFINITIVAMENTE falou que estava muito ocupado!

Aí Josh respondeu, na frente de todo mundo:

— Shiz, sério, marque uma consulta com o médico. Aquelas argolas superdouradas que você usava inflamaram o seu sistema auditivo! — Todo mundo na sala de AV começou a rir e tentei rir também, porque eu não queria que ele visse que fiquei magoada. Nem uso mais aquelas argolas. Nem o meu pingente. Nem a minha pulseira. Eu não uso mais nenhuma joia. Só porque Josh é o cara mais lindo do mundo ele acha que pode dizer o que quer para as pessoas, até para a namorada. Eu sei que ele não faz por mal, ele só é meio metido. Mas é supercarinhoso quando estamos a sós.

Enfim... assim que Sean, Luther, Nabila e o resto todo chegou, ele começou a falar.

— OK, galera — disse ele —, basicamente, o príncipe Charles vai vir à escola para descobrir a placa e blá-blá-blá. E vai ter muita gente da mídia nacional aqui. Então nós temos que dar um showzinho — continuou ele parecendo estar muito entediado. — Daí eu pensei que talvez fosse legal pedir que os marginais do nono ano se mostrem um pouco e venham berrar, quero dizer, cantar rap, aí nós mostramos a mesa de mixagem ao príncipe Charles, e os outros encrenqueiros que usam a sala de música podem mostrar umas músicas, aí podemos descobrir a placa...

Todo mundo meio que concordou com a cabeça.

— E eu pensei — disse Josh com mais ênfase — em ajudar o príncipe Charles a descobrir a placa. Farei um discurso sobre como a minha, quero dizer, a "nossa" campanha "Mais Paz" tem mexido com a escola e que nós já arrecadamos muito dinheiro... e como trabalhamos duro para dar um bom exemplo aos alunos mais jovens e mantê-los bem-educados e ajudá-los a vencer o passado, entende, blá-blá-blá, esse tipo de coisa. Todos concordam?

Ninguém discutiu com Josh, todo mundo só fez que sim com a cabeça. Eu não conseguia parar de pensar naquela coisa que ele falou na biblioteca sobre fazer ações para conseguir um bom currículo para a universidade.

— E aí, Shiraz? — perguntou ele. Eu estava com a cabeça em outro planeta, pensando em como alguém tão bonito e engraçado consegue ser tão FALSO. Comecei a lembrar da minha mãe falando que Josh ia precisar ter duas caras para ser um bom político.

— SHIRAZ! — berrou Josh.

— Desculpa, o que foi? — respondi.

— Você e Carrie podem encontrar alguns alunos do sétimo e do oitavo anos para cantar ou dançar ou sei lá? Não importa quem mesmo...

— Cara, acho que se vamos fazer alguma coisa para o príncipe Charles, nós devemos fazer direito!

Josh deu um suspiro.

— Pode ser.

— Então eu pensei que desta vez precisamos pedir a ajuda de alguém que não nos ajudou antes. Uma pessoa que realmente conhece a cultura da rua e esse tipo de coisa. Precisamos pedir que Uma nos ajude.

— Uma Brunton-Fletcher?! — disse Joshua.

— Uma Brunton-Fletcher — respondi. — Porque pelo menos ela vai saber sobre o que está falando. Acho que essa coisa toda tem que dar a impressão de que, sabe, nós realmente estamos tentando. Como se estivéssemos sendo sinceros. E não como se fôssemos FALSOS.

Josh ignorou a palavra "falsos". Como se eu não estivesse falando dele.

Conversei com Uma. Ela está superanimada, já até começou a fazer planos. Joshua disse que nós podemos fazer o que quisermos, mas que definitivamente quem vai ajudar o príncipe a descobrir a placa é ele. Fim de papo.

SEXTA-FEIRA, 13 DE MARÇO

Bem, a sexta-feira treze foi realmente um dia de pouca sorte para Carrie Draper. Ela recebeu uma advertência oficial da Mayflower por causa de faltas. O Sr. Bamblebury escreveu ao Barney dizendo que se o médico da Carrie não der um atestado para a "leva de alergias, infecções e picadas de mosquitos que a aluna sofreu neste semestre", ela não vai poder fazer os exames finais.

Barney Draper ficou maluco! Ele até tentou fazer com que Carrie parasse de ver Saf, mas aí ela berrou que era típico dele usar essas coisas para fazê-la parar de namorar Saf porque ele é UM RACISTA DESGRAÇADO!!! Aí Barney, que não é nada racista, deixou que ela saísse dessa. Carrie disse que não está nem aí para o ensino médio e que se Barney der a empresa para ela, ela vai fechar tudo e começar uma escola de beleza, que nem a Tabitha Tennant.

Eu acho que ela falou sério.

DOMINGO, 15 DE MARÇO

A vovó e o Clement reservaram o Ofício Geral de Registros de Romford para o primeiro sábado de julho! Vou ser a madrinha do casamento! E Murphy vai ser o padrinho! Murphy e Clement estão superpróximos ultimamente, eles têm o mesmo hábito de ficar sentados comendo bolo e vendo filmes de guerra. Clement já até aprendeu a chegar ao nível três do Nação Decapitação no PS2. E isso não é nada mal para um senhor com artrite reumática nos punhos.

QUARTA-FEIRA, 18 DE MARÇO

Bem, a noite hoje foi bizarra. Tenho que pensar em muitas coisas agora. A minha cabeça vai explodir. Nós vamos fazer a apresentação do "Mais Paz" para o príncipe Charles no dia nove de abril — o que significa que temos tipo três semanas para planejar tudo. Nenhum de nós fez nada porque íamos ajeitar as coisas no fim de semana passado, mas fomos a uma festa em Chadwell Heath. Martika, uma ex-aluna da Mayflower, comemorou o aniversário em uma festa irada na garagem e veio gente de toda Essex, a coisa foi uma mistureba só.

Basicamente, eu me perdi do Joshua e Carrie brigou com Saf e Sean conheceu um cara da Ilha dos Cachorros e Nabila bebeu bebidas alcoólicas e colocou cílios postiços (o que é estritamente proibido por Alá) e estávamos todos dançando e fazendo besteira e foi uma noite maravilhosa. Mas o resultado final foi que não planejamos nada para o príncipe Charles. Foi mal, Charlie.

Fomos todos à casa do Josh hoje para uma reunião do "Mais Paz". Ficamos sentados na sala de estar/jantar, que é toda pintada de branco e tem tábua corrida no chão e uma mesa gigantesca de madeira e estantes cheias de livros e vasos com flores tropicais e revistas chiques sobre arquitetura em cima de uma mesa de centro superlinda que parece que nunca foi usada na vida.

Eu, Josh, Luther, Sean e Nabila nos sentamos e falamos sobre estarmos atrasados com os trabalhos dos cursos. Josh reclamou que não conseguiria entrar em Oxford com notas baixas — ele teria que ir para uma faculdade ruim tipo Durham ou Edinburgh. A mãe dele aparece do nada vestindo uma camiseta azul e calças azuis, cabelo enrolado em um turbante estranho. Ela deu aquela olhada maquiavélica — nunca sei dizer se é de propósito ou se a cara dela é assim mesmo, como se estivesse sentindo um cheiro de pum muito fedorento.

Nem tentei dar oi dessa vez porque eu já tentei mil vezes e a reação é sempre a mesma, não importa quanto eu me esforce. Mesmo sem usar as minhas joias, o cabelo preso e o capuz, ela ainda me trata como se EU NÃO FOSSE UMA PESSOA de verdade. Ela começou a falar sobre os amigos do Josh em Londres, amigos que eu não conheci ainda. Como sempre, começou a falar sobre a filha da Jocasta, a Claudia, que "tem perguntado pelo Josh de novo". Para ser honesta, eu não dou a mínima, Sra. Fallow, porque neste momento eu estou mais interessada no pescoço do Josh, que está sendo iluminado pelo sol — e estou vendo uma marca no pescoço dele que PARECE SER UM CHUPÃO. Não dei um chupão no Josh porque, como já disse, eu me perdi dele na festa da Martika, e nós quase não nos falamos.

Fiquei com vontade de quebrar tudo, mas nesse exato momento a campainha tocou e eu fui até a janela ver quem era. Era Uma. Ela estava cem por cento vestida do jeito que gosta de se vestir, sem dar a mínima para ninguém — ela certamente não ligava para a chata da Sra. Fallow.

Uma usava meia-calça de oncinha e uma minissaia jeans com sapato de salto de pele de cobra preto e uma camisa branca justa com o piercing do umbigo aparecendo. Ela também veio com um casaco rosa-shocking de capuz, um par de argolas de ouro e o pingente dourado de palhaço. Ela colocou suas pulseiras douradas e veio com uma bolsa branca falsa da Mulberry enorme, comprada no mercado de Ilford. Ela estava lá, em pé no jardim da frente da casa do Josh, perto das lixeiras de coleta seletiva, terminando de fumar um Embassy Red. Quando Josh chegou na porta, ela berrou:

— Zeus! Venha! — Zeus apareceu atrás dela com a melhor cara de demônio que ele sabia fazer. Por algum motivo, eu quis aplaudir, porque se tem uma coisa que gosto na Uma é que ela SEMPRE manda a real.

A coisa começou a ficar feia. Uma chegou e mandou o Zeus se sentar. Ele obedeceu porque tem recebido treinamento desde que o irmão mais novo dela deu um DVD roubado do *Encantador de cães* para ela de presente de Natal. Uma tem feito aquela coisa de comando/recompensa e Zeus tem aprendido bem. Enfim... Ela se sentou e pegou o laptop de dentro da bolsa enorme e se conectou à internet WiFi do Josh e começou a mostrar todos os perfis no MySpace e no Orkut de alunos da Mayflower que faziam música. Ela começou a tagarelar sobre e-mails que tinha mandado e quem já havia respondido. Todos ficamos sentados de boca aberta por causa do tanto que ela já tinha feito.

Aí Uma começou a falar que precisávamos de pessoas um pouco mais profissionais para ajudar, sabe, tipo rappers locais que toquem nas estações de rádio pirata, tipo os Garotos de Crowley Park e o the Rinse e o Go Fraternity. Talvez esse pessoal pudesse fazer umas colaborações com os alunos do quinto e do sexto anos. Aí Uma disse que não estava conseguindo contatar os ex-namorados da Carrie e da Shiraz,

Bezzie Kelleher e Wesley Barrington Bains II, que conhecem essa galera superbem. "Na verdade", ela disse, "eles também não tinham umas músicas de quando eram do Detonadores de G-Mayes? Precisamos de pessoas assim para nos ajudar."

Aí Carrie falou para mim:

— Bem, nós podíamos ligar para Wesley e Bezzie, não é? Eu respondi:

— Hmmm, não sei se rola, não...

Joshua começou a rir e falou:

— Wesley Barrington Bains II!!! Ha ha ha! Tem dois dele?

— Cale a boca, Joshua. Fique quieto! — respondi.

Joshua estava gargalhando mais ainda, dizendo:

— Os Detonadores de G-Mayes! Essa foi demais! Ha ha ha ha ha!

— Cara, cala a boca! — disse eu. — E que droga de marca é essa aí no seu pescoço?!

Nesse momento, ouvimos um berro superalto na cozinha. Era a Sra. Fallow.

— Ai, meu Deus! Ai, meu Deus! Joshua, ligue para a polícia! Chame os bombeiros! Tem um rottweiller na minha cozinha! Um ROTWEILLER! Chame a carrocinha! E ele está comendo os pastéis de nata portugueses que eu fiz para o clube de leitura! Aaaaahhhhh!

A Sra. Fallow ficou ABSOLUTAMENTE IRADA e mandou todo mundo embora e, de alguma forma, no meio da confusão, o coitado do Zeus esqueceu tudo que aprendeu no treinamento e acabou mijando naquele negócio de Aga da Sra. Fallow.

Se bem que o treco é de metal, então vai ser fácil de limpar. Algumas pessoas são tão dramáticas.

ABRIL

QUINTA-FEIRA, 9 DE ABRIL

Estrada Thundersley, 34
Goodmayes,
Essex,
IG5 2XS

Querido Wesley Barrington Bains II,
Estou escrevendo esta carta para você, mas tenho quase cem por cento de certeza de que nunca vou enviá-la. Eu só preciso escrever para clarear a minha cabeça.

Tanta coisa bizarra tem acontecido no último mês que o meu cérebro está enlouquecido. Mas enfim... eu estava assistindo *LK Hoje* com a Lorraine Kelly antes de ir para a escola e uma tiazona lá estava dizendo que a melhor coisa para se fazer com sentimentos é escrevê-los em uma carta e depois queimá-la, para que eles tenham algum tipo de "fim". É isso que eu vou fazer. Ok, lá vai.

Primeiro de tudo, Wesley, muito, muito, muito obrigada por nos ajudar na campanha "Mais Paz". Quando Uma começou a dizer que nós íamos ligar para você e para Bezzie, eu pensei tipo DE JEITO NENHUM, porque eu acho que você ficaria todo grosso comigo e seria um inferno. Mas você não foi assim, Wes. Você foi gentil e conversou comigo e foi amigo e salvou as nossas vidas. Eu ia falar isso para você naquela terça-feira no mês passado, quando eu e Carrie fomos à casa do Bezzie para conversarmos sobre o príncipe Charles.

Mas aí nós chegamos lá e ele abriu a porta e seu cachorro ancião, Shane — que consegue ficar vivo mesmo tendo 102 anos de idade —, veio correndo e tentou brincar comigo e me lamber e a mãe do Bezzie berrou que fechássemos a porta. Foi muito estranho porque foi exatamente como na primeira vez em que eu vi você. Foi tudo exatamente igual, exceto pelo fato de tudo estar diferente, porque eu parti o seu coração.

Subi as escadas da casa do Bezzie e lá estava você sentado na cama com o seu casaco da Hackett e a camisa da Nike e o boné da Von Dutch lendo a revista *Max Power*, cheirando a loção pós-barba da Burberry. Nós começamos a conversar e o meu coração bateu muito forte porque eu fiquei nervosa. Vi que você estava nervoso também porque você ficou com um bigode de suor. Você falou "Oi, Shiraz Bailey Wood" e eu respondi, "Oi, Wesley Barrington Bains II", e nós começamos rapidamente a nos zoar. Você não falou nada sobre Joshua Fallow e isso foi muito legal da sua parte, Wesley. Se você tivesse me deixado para ficar com uma qualquer eu nunca perdoaria você, cara. Eu falaria dela a cada cinco segundos. Na verdade, eu nunca mais falaria com você.

Não mereço um amigo tão carinhoso quanto você.

Eu não acredito que você tenha conseguido simplesmente apagar tudo da sua cabeça para nos ajudar no evento. Se não fosse por você e pelo Bezzie, nós nunca teríamos levado o The Rinse e o Go Fraternity à nossa escola para tocar músicas para os alunos. E nós DEFINITIVAMENTE não teríamos conseguido convencer os Garotos de Crowley Park a vir à Mayflower para fazer parcerias com o Delano e o Meatman. Na verdade, sem os contatos de vocês e as caronas e o apoio de vocês, cara, eu acho que não teríamos nada para o nosso show para o príncipe Charles.

Dito isso, talvez tivesse sido melhor se não tivéssemos preparado nada mesmo porque o príncipe Charles ficou com cara de paisagem durante toda a apresentação. Eu acho que se ele tivesse que escolher entre escutar o The Rinse ou o Go e morrer lentamente de AIDS, a segunda opção ganharia de longe. Mas isso não importa, Wes, porque nós vamos aparecer nos jornais amanhã e ainda vamos aparecer na BBC hoje no programa daquele cara Max Blackford, que vai falar sobre "uma incrível mudança na Mayflower, que um dia foi um antro de obscuridade e degradação". Porque, sabe, não que eu ache que nós estejamos mudando o mundo nem nada, mas por um dia na Academia Mayflower todo mundo se uniu em paz (mesmo que temporária) e houve esperança. E nós precisamos de esperança agora, porque por algum motivo idiota tem alunos esfaqueando e atirando uns nos outros em Londres por nada, e isso é muito ruim. Acho que o que nós fizemos hoje foi incrível.

O que deixa a minha cabeça absolutamente perplexa sobre nós dois, Wesley, é que, apesar de sermos totalmente diferentes em vários sentidos e de você achar que eu mudei demais e fiquei metida, bem, nós somos muito, totalmente iguais.

Tipo hoje, por exemplo. No momento em que você chegou à Mayflower, eu sabia que você estava vendo as coisas meio que da mesma maneira que eu. Porque nós somos do mesmo lugar, do mesmo tipo de família e do mesmo tipo de situação, e nós rimos das mesmas coisas e notamos coisas que outras pessoas não notam. Desde o primeiro momento em que vi você sentado na cama do Bezzie no ano passado, nós começamos logo a conversar por horas sobre uma coisa boba qualquer. Porque eu e você, Wesley, nós meio que nos misturamos.

Então eu sabia hoje que você também estava achando graça das mesmas coisas que eu, tipo como a escola estava cheirando a tinta fresca porque o Sr. Bamblebury ficou pintando vários cantos durante o dia todo. E como não tinha mais nenhuma marca de pichação em lugar nenhum porque o velho "Bibabury" ficou limpando tudo durante a noite. E que todas as meninas do refeitório estavam usando batom e aventais limpos, e não estavam com cara de mexicanas imundas, como sempre. E como um bando de gente louca começou a aparecer na porta da escola com bandeiras, incluindo a minha mãe, que estava de olho no movimento junto com a Tia Glo desde as 7h30 da manhã vestindo uma camisa que dizia "Charlie, querido" — ela guarda isso na gaveta desde que acampou do lado de fora do palácio de Buckingham durante o casamento real em 1981! Eu sei, é uma vergonha!!!

Mas o negócio, Wes, é que eu não tenho vergonha da minha família com você porque a sua família é como a minha. Você tem o louco do Tio Terry, que acha que é o Batman e vai até Ilford dirigindo um Subaru antigo ouvindo Madness bem alto. E tem a surda da Tia Lil também, que se casou com um velho que vive com uma jaqueta coberta de botões de madrepérola e que anda por Bermondsey aos domingos vestindo uma jaqueta igual e um chapelão coletando dinheiro para ajudar crianças.

E você tem uma mãe maluca, a Sheila, que é obcecada por *Fantasma da ópera* e que sempre usa um boné oficial de beisebol e um casaco esportivo e coordena um fã-clube do computador do quartinho dos fundos. E a sua mãe sempre me mostra as últimas promoções "compre um, leve dois" da Netto. Você nunca acha estranho que eu tenha um Staffy e você também, e todos os nossos amigos também (às vezes dois ou três!!!), ou que eu seja amiga de uma pessoa que tem uma geladeira no jardim da frente, ou que minha família decore a casa no Natal, e que ninguém na minha família jamais tenha entrado em uma universidade, ou que todas as mulheres da minha rua usem muito ouro, porque, na verdade, Wesley, as pessoas da sua rua são assim também.

Sinto falta disso, Wesley. Eu não tenho isso com Joshua Fallow.

Mas o negócio, Wesley Barrington Bains II, é que apesar de sermos iguais em vários sentidos, nós também somos muito diferentes.

E não sei por quê, Wes, mas às vezes simplesmente acho que nossas cabeças são conectadas de um jeito diferente. Desde que eu me dei bem no nono ano, minha cabeça começou a ir longe para aprender outras coisas, e comecei a me ligar em onde posso usar tudo isso e a pensar e repensar sobre o mundo todo lá fora, e sobre a minha parte nele. Você não pensa dessa forma de jeito nenhum, pensa?

Você acha estranho quando eu quero comprar um jornal ou entender a religião das pessoas, ou se acho que tudo bem se a mãe da Nabila Chaalan quer andar por aí com aquelas roupas (se é isso que a faz feliz), ou se Danny Braffman, de Stamford Hill, quer deixar o penteado de judeu crescer, ou se a mãe dele quer usar uma peruca que é igual ao seu cabelo natural porque assim manda sua religião. Ou se Sean Burton quer aparecer no encontro com o príncipe Charles vestindo uma camisa rosa com um arco-íris enorme na frente e fazer um rap que rima "Lear, o rei" com "o mundo é gay" — ele arrancou tantos olhares maldosos dos alunos do oitavo ano que eu fiquei até com medo de ele levar uma surra. Até você se irritou com ele.

Mas Sean não se importa, porque ele tem orgulho de ser diferente e eu tenho orgulho dele também. Acho que você tem que viver e deixar que os outros vivam, Wes. Tem tanta coisa lá fora neste mundão, Wes, e quero descobrir tudo, porque sou curiosa. Não estou falando só sobre livros e Shakespeare, estou falando sobre a vida real, as pessoas reais, situações reais e experiências reais. Você não quer isso, quer? Você não quer nem um pouco ver o mundo real, fora de Essex.Você não que ficar de pé na ponte Waterloo e se sentir vivo.

Quer?

Mas enfim. Uma coisa que os eventos de hoje me fizeram ver, Wesley Barrington Bains II, é que você sempre cuidou de mim. Você sempre fica de olho em mim, e eu não posso dizer isso sobre muitos homens nesse mundo, porque pelo que estou vendo, nós temos nossa família e talvez mais uma ou duas pessoas que realmente ligam para você, que se importam se você vai morrer esmagado por um piano ou atropelado por um bando de gazelas. E, para mim uma dessas pessoas é você. Eu tenho muito medo, Wes, de estragar isso, porque aí não vai sobrar mais ninguém.

Hoje, eu pude ver como Joshua Fallow estava ficando puto por não estar recebendo atenção das equipes de TV, dos professores ou do príncipe Charles durante a apresentação do "Mais Paz". E dava para ver que ele começou a descontar em mim. Especialmente quando Uma subiu ao palco com suas argolas e minissaia e começou a falar sobre a Mayflower ter se tornado um centro de excelência e como pessoas que nem a Srta. Bracket haviam dado uma chance para ela e mudado sua vida completamente, e que ela queria continuar estudando.

Bem, todo mundo adorou aquilo e começou a bater palmas e o príncipe Charles ficou fazendo que sim com a cabeça — quer dizer, eu acho que ele estava concordando, mas talvez ele estivesse tendo problemas para manter a cabeça em pé por causa das orelhonas. Todos os jornais queriam tirar fotos da Uma e entrevistá-la para o noticiário da TV. Todo mundo ficou falando sobre a participação dela e NIN-GUÉM falou sobre o fato de Joshua ter ficado ao lado do príncipe Charles quando ele inaugurou a placa. Assim que o evento terminou, ele começou a brigar comigo, dizendo:

— Brilhante, Shiraz, agora todo mundo acha que Uma organizou a coisa toda! Que beleza, não é?

Eu ri e disse:

— Mas Uma realmente organizou tudo! Ela teve todas as ideias! Ela tem trabalhado todas as noites! Tudo o que você fez foi ficar atrás do pessoal da Sky News para tentar ficar bem na fita e melhorar o seu currículo para a universidade!

Ele fez uma cara feia e disse:

— Eu devia ter adivinhado que todos vocês, bando de encrenqueiros, iam acabar se unindo.

— Quem você está chamando de bando de encrenqueiros?! Seu metido desgraçado.

Joshua riu e disse:

— Olhe, Shiraz, eu acho que esse relacionamento não vai funcionar. Acho que não somos muito compatíveis, não é?

Eu fiquei muito irritada e berrei:

— Não, Joshua, não acho que somos muito compatíveis se você vai aparecer toda segunda-feira com mordidas no pescoço e dizer que é eczema!

Joshua riu e disse:

— Olhe, eu vou ser totalmente honesto com você, Shiraz, porque eu sei que você respeita esse negócio de "ser verdadeiro" e não "ser falso" e toda esse blá-blá-blá de encrenqueira. Eu tenho saído com a Claudia. Ela é filha de uma amiga da minha mãe. Preciso terminar com você.

Fiquei completamente surpresa. Eu não estava esperando aquilo — pensando bem, agora, era óbvio que ele ia fazer isso. Ele não ficou nem sem graça.

— Mas você entende, não entende? Sim? Que bom — falou e saiu andando. Simplesmente assim.

Eu saí do prédio do ensino médio e me sentei no banco do estacionamento. Meu rosto estava vermelho e a minha cabeça estava zonza e eu quis chorar, mas não consegui. E foi aí que você apareceu e se sentou ao meu lado e me abraçou e ficou em silêncio, e depois você deixou que eu pegasse carona no seu Vauxhall Golf amarelo-banana e me trouxe para casa, para a minha mãe, na Estrada Thundersley.

Então, muito obrigada, Wesley Barrington Bains II. Obrigada.

Estou muito confusa sobre o que sinto agora, e, para ser sincera, escrever tudo isso só me confundiu ainda mais.

Mas acho que uma coisa que eu sei com certeza é que, se fosse esmagada por um piano ou atropelada por um bando de gazelas, eu iria para o túmulo sabendo como é se sentir amada de verdade.

Agora eu tenho que queimar esta carta.

Com muito amor, agora e sempre,

Bjbjbj Shiraz Bailey Wood

MAIO

SEGUNDA-FEIRA, 4 DE MAIO

AI, MEU DEUS. Carrie foi expulsa do Centro de Excelência Ensino Médio Academia Mayflower.

O Sr. Bamblebury finalmente cancelou sua matrícula. Ele simplesmente se recusa a acreditar que Carrie faltou na quinta e na sexta-feira porque o Ministério da Agricultura estava fazendo testes para ver se a garganta inflamada dela era uma variação humana da gripe das aves de Taiwan.

"Um histórico risível de mentiras e desculpas inaceitáveis" — foi assim que o diretor descreveu as faltas da Carrie na carta ao Barney Draper. (É meio duro, mas é verdade.)

Bem, Barney ficou irado. Ele ficou doente, maluco, enlouquecido, berrando, xingando, louco. Foi tipo como os seus pais ficam quando você sente que, se pudessem ter evitado o seu nascimento, eles evitariam, porque você forçou tanto a barra que eles estavam em pé, berrando que nem uns malucos, e as coisas que dizem nem fazem sentido, e seus olhos ficam tão arregalados que você pensa "Meu Deus, eles vão enfartar e eu não sei fazer primeiros socorros".

Assim.

A minha mãe ficava desse jeito com Cava-Sue o tempo todo. Bem, até ela ir morar a quilômetros de distância, e aí de repente Cava-Sue passou a ser uma santa, e não alguém que basicamente ficou enchendo a cara nos bares da Austrália, e ainda dizia que era "exploração nacional".

Mas enfim. Carrie me ligou esta manhã às 8h30 chorando pra caramba.

— Aquele porco do Bamblebury me expulsou do colégio! O meu pai está surtando! Venha me salvar!

Coloquei o meu casaco com capuz e uma calça jeans e fui ao Lar dos Drapers. Os portões eletrônicos estavam abertos por algum motivo. Entrei e escutei logo UMA BRIGA ENORME rolando. Segui o barulho até a piscina e lá estava Maria Draper no terraço vestindo um conjunto bege e chinelos cor-de-rosa com a Alexis, a chihuahua, embaixo do braço, berrando:

— Dá para vocês dois entrarem em casa agora? Os vizinhos estão ouvindo cada palavra!

Olhei para o outro lado da piscina, e lá estava Carrie de camisola em pé em uma mesinha de centro dentro da cabana berrando para o Barney:

— Odeio você! Odeio você! Eu queria nunca ter nascido! Você não me conhece! Você acha que conhece mas não conhece! Saia de perto de mim, seu porco!

Barney está lá, vestindo roupas de trabalho — calça social, camiseta Lacoste, cinto — e berrando:

— E você pode descer dessa mesa antes que ela quebre? Sua fedelha mimada! De onde você acha que tudo isso veio? Você acha que essas coisas nascem em árvores? Não, eu trabalho dia e noite! Dia e noite, porra! E construí isso tudo aqui do nada! Eu não tinha nada quando era da sua idade! NADA! Nem um penico para mijar! Trabalhei que nem um corno por VINTE ANOS, PORRA, para você e sua mãe! Agora olhe para você, sua abusada! Você podia ter tudo isso de mão beijada! Mas você não quer! Não! Tudo o que você tinha que fazer era ter algumas qualificações e pronto! Mas você não quer se esforçar! Você me dá nojo!

Aí Carrie, cujo rosto estava muito vermelho, gritou:

— AH, CALE A BOCA! Cale a boca! Seu desgraçado! Eu odeio você! Não quero nada disso! Não pedi nada disso! E não estou interessada em dirigir uma droga de uma empresa de instalação de jacuzzis! Eu não quero! É chato! Você não pode me obrigar a ser alguma coisa que não quero ser, seu idiota manipulador! Eu devia colocar o serviço social contra vocês! Vocês não me deixam ser o que eu quero! Só quero ser eu mesma! Não preciso de você e da sua manipulação!

Aí Barney começou a gargalhar, mas não uma gargalhada bem-humorada, e sim cheia de raiva.

— Ah, você não quer nada disso, é?! — berrou ele. — Hein?! Você não quer a sua mesada? Não quer a TV a cabo no seu quarto e uma TV de plasma e o seu iPod e a sua academia e aquelas sessões em salões de beleza e as sacolas cheias de roupas de marca que eu compro para você? Você não quer mais que eu esbanje meu dinheiro com você, não é? Eu devia ter uma calculadora acoplada ao meu peito! Você é uma sanguessuga! Se você não quer nada disso, então vá embora! Vá e se sustente com suas próprias pernas!

Aí Carrie berrou:

— Ah, não se preocupe com isso! Vou mesmo! Estou indo agora! Eu vou morar na casa da Shiraz!

Aí ela saiu de cima da mesa e foi correndo para o andar de baixo e fez uma mala pequena cheia de roupas e saiu do Lar dos Draper batendo a porta da frente. Enquanto escrevo isto, ela está tirando um cochilo no antigo quarto da Cava-Sue.

Minha mãe disse que a Carrie é bem-vinda até que as coisas se acalmem. Ou até ela perceber que a nossa casa não tem piscina nem TV a cabo nos quartos. O que acontecer primeiro.

QUINTA-FEIRA, 7 DE MAIO

Carrie ainda está morando conosco no Lar dos Wood. É muito bom tê-la aqui mas ela é uma distração em relação aos estudos. Ela diz que se sente muito livre agora que não tem que ficar pensando nos exames de inglês. E disse que ter a vida toda pela frente sem que ninguém fique fazendo planos para ela é ótimo. Ela falou que sente que um peso enorme saiu das suas costas e que ela vai crescer do nada, que nem a Tabitha Tennant. Quando eu pergunto como ela pretende fazer isso, ela responde que ainda está pensando.

Aí Carrie pediu três libras emprestadas para pagar o ônibus para ir à casa do Saf, porque Barney bloqueou a conta jovem dela no banco. Ela só foi para a casa do Saf porque minha mãe estava dizendo que era a vez dela de pegar o cocô da Penny lá no jardim. Carrie não pega em cocô de cachorro.

SEXTA-FEIRA, 8 DE MAIO

As famílias do Joshua Fallow e da Claudia Ravenscroft vão passar férias juntas em julho. Eles vão para a casa de verão da avó da Claudia na Toscana. Joshua disse que não está apaixonado pela Claudia porque, vamos encarar os fatos, ambos vão para a universidade no ano que vem então não dá para ter nada sério agora. É só por diversão, disse ele.

O negócio da Claudia, disse Joshua, é que ela é muito legal. Ela meio que entende a vida dele. Suas famílias são muito parecidas. Joshua não diz esse tipo de coisa sobre Claudia diretamente para mim. Ele fala para quem estiver ao meu lado na aula de inglês enquanto estou tentando me concentrar no Shakespeare e não pensar em largar a escola. A escola está uma droga agora.

DOMINGO, 10 DE MAIO

Fui ao Shopping Ilford com a minha avó hoje para comprar uma roupa de noiva para ela. Murphy nos acompanhou e foi à Marks e Spencers com Clement. A minha mãe deu um dinheiro para Murphy antes de ele sair e disse:

— E volte para casa com alguma coisa bonita! Não com um farrapo que você usaria para jogar bola!

Não acredito que a mamãe acreditou que Murphy pudesse comprar roupa sozinho. Se bem que eu acho que ele cresceu bastante desde o ano passado. Ele fica o tempo todo mandando mensagens de texto para Rema e tem ignorado Delano e Meatman. Ele ficou mais maduro. Eu sempre fico achando que isso foi influência do calendário que dei para ele.

A vovó e Clement estão tão apaixonados! Eles andam juntos de mãos dadas e terminam as frases um do outro e simplesmente parecem saber o que o outro está pensando.

Isso me faz sentir estranha porque eu me sinto muito sozinha. A vovó perguntou se eu queria levar algum garoto para o casamento dela para ter com quem dançar e para me levar para casa se eu ficar com bolhas nos pés. Falei que ia ter que pensar.

Eu e a vovó fomos à Marks & Spencer para escolher o chapéu dela discretamente quando o Clement não estivesse olhando. A vendedora perguntou que cor ela estava procurando e ela disse que queria uma coisa "bem gay!". A mulher quase caiu para trás, aí eu tive que explicar que a vovó quis dizer "alegre, viva e divertida", porque era isso que "gay" significava na última vez que a vovó se casou. Gosto de sair com a vovó e Clement, eles são de outro mundo.

SEXTA-FEIRA, 15 DE MAIO

Barney Draper levou Carrie da nossa casa hoje à noite. Ele veio com a van do trabalho e a levou ao Espírito de Sião para comer macarrão, como eles sempre faziam às sextas-feiras, quando Carrie era uma menininha que não saía com garotos e era a princesinha do Barney e não dava tanta dor de cabeça.

Ela estava no antigo quarto da Cava-Sue quando Barney buzinou arrumando as roupas e todos os manuais de beleza da Tabitha Tennant na mala. Falei que ela não precisava ir se não quisesse. Eu expliquei que a minha mãe estava só brincando quando disse que ela tinha que tirar o cabelo da pia do banheiro. Carrie agradeceu por tudo e disse que está muito grata mas que decidiu voltar ao Lar dos Drapers para começar o Estágio Um de seu novo plano de vida.

Eu disse que achava que o Estágio Um do novo plano de vida dela poderia exigir que ela se sustentasse sozinha. Mas ela disse que tem uma carta na manga que realmente envolve independência e blá-blá-blá, mas que não havia problema em planejar tudo em seu próprio quarto no Lar dos Drapers.

Dei um abraço nela e a vi andando pelo caminho que leva à porta da frente. Barney estava encostado na van com os braços cruzados. Ela parecia estar meio sem graça.

Ele pegou a mala cor-de-rosa sem dar uma palavra e a colocou na traseira da van. Aí os dois fizeram uma cara feia uma para o outro, meio que se desentendendo. Aí ela cutucou a barriga do pai e ele caiu na gargalhada. Ele a pegou pela cintura e a rodou e rodou até que ela começasse a berrar de tanto rir. Depois, ela sentou no banco do carona e eles foram embora.

Não faço a mínima ideia do que ela vai fazer agora.

SEXTA-FEIRA, 22 DE MAIO

OK — sei que é meio louco porque eu honestamente não entendi como essa coisa toda com Wesley Barrington Bains II começou de novo, mas começou.

Quero dizer, para ser sincera, não sei bem se começou de novo, mas todo mundo acha que sim, incluindo Wesley e nossas mães, que terão muito sobre o que falar na próxima vez que se encontrarem nos corredores do supermercado Netto.

Não me lembro de ter concordado com nada. Tudo o que eu disse na minha mensagem foi que eu iria comer uma pizza com Wesley só para conversar e rir, como amigos fariam... porque é isso que somos, bons amigos.

Eu estava no meu quarto fazendo chapinha e passando gloss quando, de repente, ouvi uma barulheira vindo lá de baixo. Eu logo adivinhei que Wesley tinha chegado para me pegar. Não demorou muito para minha mãe aparecer na porta do quarto e meu irmão estar lá fora olhando os novos equipamentos que Wesley colocou no carro e meu pai ficar na porta de entrada com a cara mais feliz do mundo.

Quando eu desci, Wesley estava sentado na sala com os pés em cima do pufe de couro que a minha mãe comprou na DFS Móveis na liquidação de maio — um pufe que só pode ser usado em ocasiões especiais. Ele estava segurando uma xícara de chá em uma das mãos e biscoitos na outra. Todos sorriram para mim quando eu passei pela porta, como se alguma coisa genuinamente incrível estivesse acontecendo. Nós estávamos apenas indo ao Pizza Junction, e não ao cartório!

— Wesley está nos contando sobre o apartamento que vai comprar! — disse minha mãe. — Logo ali no fim da rua! Você pode chegar lá andando em 20 minutos!

— Hmmm, eu sei — falei, colocando as argolas de ouro.

— Que coisa boa para se fazer com seu dinheiro, Wesley — disse minha mãe. — Seu pai ficaria muito orgulhoso. Então, é um apartamento de um quarto só ou tem mais outro? Quero dizer... Você pode ter os seus filhos lá se quiser?

— Vamos, Wes — falei, carregando-o porta afora.

Nós chegamos ao Pizza Junction e nos sentamos no carro de corrida verde — esse era o favorito de Wesley, porque quando você buzina para chamar o atendente ele toca uma música de beisebol. Nós conversamos sobre o curso dele e umas músicas que ele tem gravado com Bezzie que estão no MySpace e sobre uns encontros de carros que vão rolar em Southend no fim de semana que vem, e ele disse que eu posso ir se quiser. Nós nos divertimos, acho. E quando ele me trouxe de volta para casa, nós ficamos sentados lá fora por um tempo. Quando ele se inclinou para me dar um beijo, eu não o afastei nem nada, apenas deixei que ele me beijasse na boca. Não senti nada diferente, foi como sempre havia sido.

Como se nós nunca tivéssemos terminado.

JUNHO

TERÇA-FEIRA, 9 DE JUNHO

Fiz uma das provas de inglês hoje. Ai, meu Deus, eu estava muito nervosa antes de ir para a escola. Minha família toda estava também. Eu devia estar emitindo vibrações tensas pela casa — quer dizer, nos raros momentos em que pude ser vista nas últimas semanas.

Estive presa naquela droga de quarto com a cabeça enfiada no livro por quase duas semanas inteiras. Eu só saí em uma ocasião ou outra, para berrar que o Murphy abaixasse o volume do som ou para tirar o aparelho de caraoquê da Tia Glo da tomada. (Aliás, não fui só eu quem se incomodou no sábado à noite. Quando a Glo cantou "Wind Beneath My Wings" com as janelas abertas, muitas pessoas acharam que era a mulher do Bert da casa 89 sendo agredida novamente.)

Eu mal conseguia falar de tão nervosa quando cheguei na escola hoje. Eu me sentei com Uma no pátio apertando minha caneta, o meu lápis e minha caneta extra e o porco-espinho de pelúcia que Wesley me deu para dar sorte. Meu estômago ficou tentando pular dentro de mim, então eu tive que ficar com a boca bem fechada. Aí Joshua chegou agindo de forma confiante como sempre, batendo papo sobre quando ele vai fazer os próximos exames e o que ele e Claudia têm feito e como ele foi abordado outro dia na rua e convidado para ser modelo da Storm, mas recusou, porque, tipo,

205

ele quer ser um político ou um guru da relações públicas, como o pai dele, e blá-blá-blá.

Todos nós entramos na sala e nos sentamos. Sentei perto do Manpreet. Ele colocou todas as canetas e lápis em linhas retas porque ele tem Asperger (foi oficialmente diagnosticado, finalmente), Uma ficou atrás de mim e eu fiquei escutando o pé dela batendo e o chiclete sendo mastigado em sua boca. Aí eu viro o papel e a primeira pergunta é:

O Rei Lear recebe mais ofensas do que comete?
Dê exemplos, examinando os motivos que levam cada personagem a agir como age e julgando quem é a vítima em cada situação.

O meu coração bateu BUM BUM BUM quando vi a pergunta, porque eu tinha lido alguma coisa desse tipo umas cinco vezes na casa da Uma, e com certeza ela sabia disso também. Comecei a escrever que nem uma louca sobre o teste de amor de Lear e sobre quando ele é levado pela tempestade e o suicídio da Cordélia etc., etc., etc.

Quando olhei para Josh, ele não estava escrevendo muito, só estava olhando para o papel com uma cara meio zangada. Como se aquela não fosse uma pergunta sobre a qual ele tivesse pensado. HA HA HA HA HA.

Quero dizer, tenho certeza de que ele se saiu bem. Mas só a possibilidade de ele levar uma surra de mim e da Uma, esse "bando de encrenqueiras", me animou demais da conta.

SEXTA-FEIRA, 12 DE JUNHO

Hoje foi a prova de história europeia. Ai, ai. Acho que fui bem. Quero dizer, não acho que tirei nove ou dez, entende, porque como é que eu vou saber todos os mínimos detalhes sobre um período histórico??? É impossível. Mas pelo menos tinham várias perguntas sobre o Ferdinand da Espanha e sobre o Martinho Lutero enchendo o saco do Papa, então acho que fui bem.

Wesley me pegou de carro depois da prova e me levou para comer hambúrguer. Ele disse que o corretor que está ajudando na compra do apartamento ligou hoje e disse que os contratos foram "modificados". Isso quer dizer que o apartamento é 99 por cento dele.

Wesley falou que eu ia amar morar lá. Ele diz que o segundo quarto, que eu podia usar para guardar meus livros antes de termos filhos, fica de frente para a pista de descarga da fábrica de salgados.

— Legal, né? — disse Wesley. — Porque aí nós vamos ter alguma coisa interessante para ficar olhando.

QUARTA-FEIRA, 17 DE JUNHO

Fiz a prova de pensamento crítico hoje. Não foi tão ruim. Eu meio que estava esperando abrir a prova e ver a pergunta: PEDOFILIA? DISCUTA, mas não foi assim. Em vez disso, tinham várias questões de múltipla escolha perguntando se as propagandas de cigarro eram responsáveis pelo câncer de pulmão, ou se as pessoas que tratam seus animais como humanos deviam ser consideradas "loucas".

Tentei dar o meu melhor, mas estava com dor de cabeça e muito confusa. Terminei a prova e fui ao Lar dos Drapers para ver Carrie, e agora estou mais confusa ainda.

Ela havia me telefonado depois da prova com uma voz estranha dizendo que tinha finalmente decidido o que ia fazer no Estágio Um para "A Nova Carrie Draper" e precisava me contar LOGO, tipo AGORA. Aí eu fui lá sem esperar muita coisa, porque desde que Carrie saiu do ensino médio da Mayflower, sua rotina diária parece ter se resumido a isso: a) ver TV, b) depilar várias partes da perna, braços, buço etc., c) ficar deitada de roupão, esperando que o esmalte seque.

Enfim... cheguei no Lar dos Drapers e Carrie estava na varanda da piscina. A primeira coisa que ela falou foi:

— O que você está fazendo da sua vida, Shiraz Bailey Wood?

Suspirei e respondi:

— Olhando para uma pessoa com creme de depilar no buço?

— Não, não neste momento, garota. O que vai fazer no resto de sua vida. Para sempre — disse ela.

— Ah, entendi. Eu sei lá, cara. Ficar na escola por mais um ano, eu acho? Se puder. Sei lá. Talvez ir para a universidade... tipo isso.

Aí Carrie disse:

— Nossa, você parece estar bem ANIMADA com seus planos.

— Hmmm, eu sei que não estou animada — respondi.

— Estou de saco cheio de ficar naquele quarto estudando. E não tenho escolha mesmo, tenho que continuar, porque se eu parar de estudar vou acabar morando atrás da fábrica de salgadinhos com Wesley Barrington Bains II.

— Peraí, você voltou com ele?

— Hmmm, é. Wesley simplesmente age como se nunca tivéssemos terminado. Ele não fala sobre o Joshua. Ele só fala "aqueles meses em que a Shiraz enlouqueceu"

Houve um silêncio enquanto ficamos nós duas vendo Alexis, a cadela, rolando no chão.

— Ele me ama, entende? — eu disse a Carrie depois de um tempo. Eu sabia que aquilo me fazia parecer uma palhaça.

— Ah! Shiraz... — disse ela, puxando uma revista cintilante da bolsa. A foto da frente mostrava Tabitha Tennant vestindo um casaco branco. O título era:

ACADEMIA BUTTERZ BEAUTY
COVENT GARDEN
LONDON WC1
PROSPECTO OFICIAL

— É a escola de beleza da Tabitha Tennant, né? — perguntei.

— É — respondeu Carrie sorrindo, quase morrendo de alegria.

— E? Você se matriculou lá? — perguntei.

— Eu me inscrevi há três semanas. Quando eu me mudei da sua casa de volta para a minha. — disse ela. — Convenci meu pai a me dar dinheiro para pagar o custo do curso!

— Meu Deus! — exclamei.

— E eu não quis falar nada — explicou ela — porque, se tudo desse errado, eu seria a idiota da história... mas fiz as últimas entrevistas ontem. Fui aceita, Shiraz! Fui aceita, cara! Vou para Londres! Serei aluna da Academia Butterz Beauty da Tabitha Tennant!

Só olhei para ela com o queixo caído.

Eu fiquei feliz mas também um pouco chocada e um tiquinho triste.

— Você vai morar em Londres?!

— Vou! Daqui a algumas semanas! — disse ela.

— Mas... mas... !

Comecei a gaguejar, a minha cabeça estava a mil. Estava sentindo um pouco de inveja também. Imagine morar em Londres de verdade! Imagine ter seu próprio apartamento e viver no centro do mundo! Você pode ir à ponte Waterloo todos os dias se quiser! E se você quiser tomar banho no chafariz da Trafalgar Square e ir no Forever Friends, você pode! Imagine isso!!!!!

Tenho pensado nisso há tantos meses.

— Venha comigo, Shiraz — disse ela.

— O quê? — perguntei. — Como assim? Não dá!

— Como não dá?

— Eu não posso simplesmente sair de Goodmayes! Não posso — respondi.

— Claro que pode! — disse Carrie. — Venha comigo, a gente pode morar em um apartamento pequeno, e você pode arrumar um emprego enquanto vou para a Academia Butterz Beauty e nós viveremos uma aventura incrível!

— Mas...

— Ah, por favor, Shiraz, não há nada para nós aqui! Estou de saco cheio de ir para os mesmos lugares sempre. Estou de saco cheio de ver Saf o tempo todo também. Isso tudo está ficando sério demais. Quero me divertir!

— Mas eu não posso simplesmente ir embora — falei. — Não posso fazer uma coisa dessas.

Não posso mesmo fazer uma coisa dessas. Posso?

Posso?????

JULHO

SEXTA-FEIRA, 3 DE JULHO

Você não diria que uma senhora de 74 anos de idade cairia na farra, não é? Mas na minha família, nada é discreto.

— Ah, eu não quero muita barulheira — disse minha avó, mas acho que, no fundo, no fundo, ela queria.

Bem, eu espero que sim, porque quando a minha Tia Glo a trouxe de volta para casa, elas chegaram com metade do Clube Goodmayes. Vieram Peggy, Betty e mais uma galera do clube de quarta-feira da vovó.

Estavam todas conversando e rindo e bebendo coquetéis com nomes esquisitos e colocando tiaras, dançando juntas e fazendo uma senhora zona.

Tenho que admitir que quando a Glo falou que tinha algumas surpresas e a vovó disse que tinha que "colocar o seu melhor par de óculos porque ia ser uma cena incrível", eu pensei: "Ai, meu Deus, Glo, o que você está aprontando?!" Como sempre, ela não me desapontou.

Por volta das 21h, no auge das bebidas e da zona, um cara jovem apareceu usando uma peruca engraçada, óculos e uma jaqueta brilhosa, tipo Elton John. Aí ele se sentou ao piano, nós todos olhamos para ele e pensamos "Hmmm, cara, quem convidou você?" Aí ele começou a tocar aquela música famosa do Elton John chamada "Rocket Man".

Nós todos pensamos "OK, nada mal", e começamos a rir e a cantar junto com ele... e aí começou a sair fumaça das calças dele. FUMAÇA! Nuvens grandes de fumaça! Como se as calças estivessem pegando fogo! Todos ficamos muito preocupados nesse momento. Daí uma música disco começou a tocar muito alto e o cara pulou do piano, arrancou as calças de uma vez só e, embaixo dela, tinha uma cueca dourada com uma mensagem que dizia: "The Rocket Man!"

Ele era um stripper! Aí ele começou a fazer uma dança vulgar em torno das senhoras, passando a bunda pelos ombros da vovó e das amigas dela e ameaçando balançar a coisa dele contra os copos de bebidas! Honestamente, nós quase morremos de rir! Especialmente a vovó, que teve que inalar o remédio de asma porque estava rindo demais. A Glo parecia estar orgulhosa de si mesma.

Aí, quando a cena parecia não ter como ficar mais surreal, a fumaça desapareceu e eu vi, perto do bar, a maior surpresa de todas. Era Cava-Sue! Cava-Sue, a minha irmã mais velha! Em pé ao lado do bar com sua mochila. Eu me virei para Glo e perguntei:

— É a nossa Cava-Sue?! Mas ela está na Austrália, não está? — Glo deu uma piscada. Ela devia saber que minha irmã vinha.

Bem, eu, vovó e mamãe corremos pela sala e demos um abraço forte na Cava-Sue e comentamos sobre como ela foi esperta em manter o retorno em segredo e nós todos ficamos abraçando ela e fazendo perguntas. Eu só conseguia pensar em como ela tinha engordado durante a viagem. Ela deve ter ganhado pelo menos uns cinco quilos! Talvez mais. Ela parecia ser uma versão fofa, meiga e maternal da minha irmã mais velha.

— Ah, eu vou pegar uma bebida para você! — disse minha mãe. — O que você quer? Vodca com limão?

— Hmmm... não, mãe... quero um suco de laranja — disse Cava-Sue, rindo.

E aí ela olhou para mim e as bochechas dela ficaram rosadas, e eu olhei para ela novamente, bem dentro dos olhos. Ninguém percebeu, mas eu, sim. Percebi na hora.

Arrumei uma maneira de ir com ela ao banheiro. Eu a encurralei ao lado do lixo e disse:

— OK, Cava-Sue, pode falar. Você se meteu em encrenca! Você está grávida, não está? Não diga que não, sei que está!

Ela tentou fazer uma cara de assustada e surpresa, mas ela sabe que não me engana. Cava-Sue deu uma risada nervosa e disse:

— É, cinco meses. Eu! Shizza, vou ser mãe, e você... você vai ser titia.

Fiquei meio abismada, meio chocada, e feliz.

— Mas como?! Como você ficou grávida?

— Ah, por favor, Shiz — disse ela —, você estudou sobre isso na escola, né.

— Não, digo como VOCÊ foi ficar grávida? Você disse que isso nunca aconteceria! Você ficou indignada quando Collette Brown e Kezia Marshall engravidaram. Você tinha sonhos. Não era para isso ter acontecido com você, Cava-Sue Wood.

Ela olhou para mim e disse:

— Ah, eu sei, eu sei. Mas o negócio é que encontrei Lewis e ele tem os sonhos dele. Ele queria parar de estudar e viajar, então fui com ele. E aí comi alguma coisa estragada no Vietnã e vomitei as pílulas anticoncepcionais, então elas não funcionaram mais e acabei engravidando. E, quando contei para o Lewis, achei que ele fosse ficar muito bravo, mas ele ficou tão feliz, Shizza! Disse que mal podia esperar para ser papai. Ele sempre quis ser pai, então por que não agora, né? Concordo com ele: por que não agora?

Só olhei para ela e tentei fazer uma cara de apoio, mas no fundo eu estava meio... desapontada.

— É isso que acontece quando você gosta de um cara, não é, Shiraz? Você acaba ficando tão envolvida que segue o sonho dele em vez dos seus. Isso vai acontecer com Wesley, é o seu destino — disse Cava-Sue.

E foi aí que eu soube. Tive certeza de que ia para Londres.

E, antes que eu pudesse dizer qualquer coisa, minha mãe entrou no banheiro como se tivesse acabado de ganhar a Loteria acumulada, dizendo:

— Ai, meu Deus! Acabei de ouvir o que eu acabei de ouvir, Cava-Sue? O meu primeiro neto! O MEU PRIMEIRO NETO! ESTE É O DIA MAIS FELIZ DA MINHA VIDA!

Quando mamãe e Cava-Sue finalmente chegaram a uma conclusão sobre como iam acomodar Cava-Sue, Lewis e o berço do Moses no quarto antigo dela, eu já tinha contado para Carrie que nós duas precisaríamos encontrar um apartamento de dois quartos, bem longe de todo mundo.

SÁBADO, 4 DE JULHO

Resumindo, o casamento da vovó e do Clement foi adorável. Simplesmente adorável.

Se algum dia eu me casar — o que não vai acontecer tão cedo — quero que seja exatamente como foi o casamento da vovó. Claro que não no cartório de Romford com um velhinho, não, mas quero que o ambiente tenha a mesma energia quando eu entrar na igreja, como se todos estivessem muito felizes por mim e pudessem sentir quanto estamos apaixonados. Vovó estava linda no terninho da Marks & Spencer e o chapelão creme. E Clement estava um senhor muito bonito no terno azul e chapéu cinza escuro. Murphy não perdeu as alianças. E mamãe não assustou Rema perguntando quando ela e Murphy iam se casar. E papai só ficou levemente bêbado na festa e fez a imitação do Elvis no banheiro apenas uma vez.

E o brinde do Clement foi perfeito porque ele disse que queria ficar com a vovó para sempre, e que sentia que a vida dele tinha começado quando a viu entrar no bingo em Chadwell Heath, e que ele a amava de corpo e alma. Nós quase choramos quando ele disse isso. E aí todo mundo se divertiu e dançou à beça e aí os meus pés começaram a doer. Wesley viu que eu não estava legal e falou para a mamãe que ia me levar para casa.

Wesley Barrington Bains II me carregou para fora do clube em cima dos ombros, sob a luz do luar. Não falamos muita coisa no caminho para casa, porque nós dois sabíamos que tinha alguma coisa estranha entre nós mas nenhum dos dois queria estragar aquele dia. Finalmente, ele disse:

— E aí, você acha que algum dia vamos ser eu e você em um casamento?

Eu me senti muito mal quando ele falou aquilo, então respirei fundo e respondi:

— Bem, se você quer que eu seja muito sincera, Wesley, não.

E aí contei sobre eu e Carrie irmos para Londres. Achei que não seria honesto se eu não falasse logo. Expliquei tudo com muitas e muitas palavras, sobre sair de Goodmayes e ter uma experiência de vida. Tentei de tudo para que ele entendesse.

Quando parei de falar, os olhos dele estavam cheios de lágrimas. Vi que ele estava se esforçando muito para não cair no choro, porque ele estava tentando ser forte como os meninos devem ser e não queria que eu visse que estava partindo o coração dele.

Ele foi andando, iluminado pela luz do luar, pela Estrada Thundersley. Fiquei vendo a silhueta de roupas largas até que ele virou a esquina. Depois, subi as escadas, deitei na cama, me enrolei em posição fetal e chorei.

SEGUNDA-FEIRA, 6 DE JULHO

Cara, que dia estranho acabou sendo hoje.

Nada do que eu havia planejado.

Fui à casa da Uma para contar sobre os meus planos e eu achei que ela fosse dizer alguma coisa do tipo "E daí?", mas não, ela ficou bem chateada.

— Que merda, cara — disse Uma. — Eu e Zeus vamos sentir muita falta sua, não é, Zeus? O que vamos fazer sem Shiraz Bailey Wood? Você é a única pessoa em Essex que não acha que eu sou marginal!

— Não, sou, não, Uma — respondi. — Não mais.

Ela falou que vai nos visitar em Londres. Ela disse que está pensando em fazer um curso para ser crupiê em um cassino. Sabe de uma coisa? Acho que ela vai se dar muito bem nisso.

Eu estava com medo mesmo era de contar para a Srta. Bracket. Estava muito nervosa quando bati na sala dela, mas então ela abriu um sorrisão e disse:

— Então você ficou sabendo!

— Fiquei sabendo do quê? — perguntei.

— Você está falando com a nova diretora da Academia Mayflower! O Sr. Bamblebury anunciou que vai se aposentar!

— Meu Deus! — exclamei.

É claro que o que eu tinha para contar pareceu ser uma coisa terrível nesse momento. Mas até que foi tranquilo. Ela ouviu com atenção tudo o que falei sobre os meus sonhos e disse:

— Sabe, Shiraz, se você está mesmo tão determinada a ver o mundo fora de Goodmayes, eu não posso ser um obstáculo. Mas você sabe que pode voltar e continuar o ensino médio se as coisas não derem certo, né?

— Posso? — perguntei.

Ela olhou para mim e respondeu:

— Bem, acho que vou ter que falar com o meu chefe... não, espere... eu sou a chefe! Então, sim! Claro que aceitaríamos você de volta! Você é a lendária Shiraz Bailey Wood.

Eu saí da Academia Mayflower e fui encontrar Carrie no Sr. Gema. Passei pela porta e Mario berrou:

— Oi, Shirelle! A sua amiguinha com olhos de surpresa e lábios picados por abelhas está aqui! Lá no canto!

Lá estava Carrie, lendo a sessão "Aluguéis" do jornal *Loot*.

— Ei, Shiraz, você prefere Camden ou Knightsbridge? Norte, Sul ou centro?

Eu sorri e me sentei. O celular apitou dentro do meu bolso.

Era uma mensagem do Wesley Barrington Bains II que dizia:

SE VC PRECISAR D CARONA P LEVAR AS MALAS OU QQ COISA EH SOH GRITAR. VO TAH SEMPRE AKI. W-B-B II BJBJBJ.

Eu li a mensagem e meus olhos começaram a arder um pouco, mas segurei a onda.

— Ah, olhem para vocês duas! — disse Mario rindo, trazendo um café para nós. — Olhe para você, Shirelle! Com todas as suas joias! Suas argolas e sua pulseira e seu capuz!

Vocês me fazem sorrir! Você e a sua amiguinha! Sempre com essa cara de quem vai aprontar alguma coisa! O que vocês estão tramando hoje? Não deve ser nada de bom!

— Você não está errado, Mario — falei, tomando um gole de café.

Peguei uma caneta e comecei a circular os melhores apartamentos.

Afinal, eu sou a dona do meu próprio destino

Este livro foi composto na tipologia Classical
Garamond BT, em corpo 11/16, e impresso em
papel off-white $80g/m^2$ no Sistema Cameron
da Divisão Gráfica da Distribuidora Record.